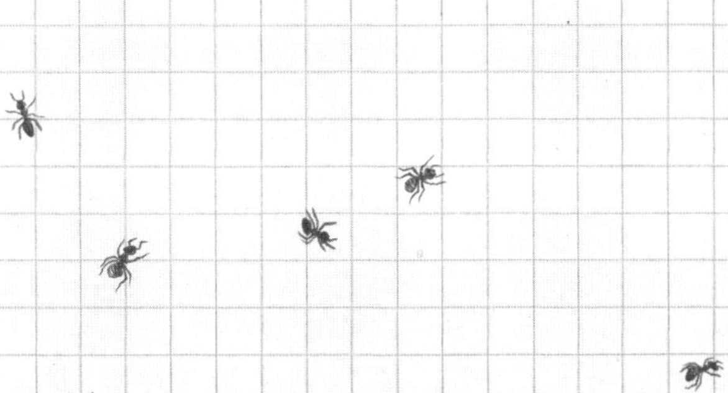

SAUERLÄNDER

**Sabine Schoder**, Jahrgang 1982, hat Grafikdesign in Wien studiert und sich dort Hals über Kopf verliebt. Heute lebt sie mit ihrem Mann in Vorarlberg und widmet sich nach dem Erfolg ihres Jugendromans ›Liebe ist was für Idioten. Wie mich.‹ hauptberuflich dem Schreiben.

**Fréderic Bertrand** studierte Illustration, Trickfilm, Monsterologie und Getränkewissenschaften an der HfK Bremen. Nun lebt er schon lange in Berlin und werkelt in seinem Labor an Kinderbüchern und rostigen Fahrzeugen herum, mit denen er dann an die umliegenden Seen fährt, um dort Seeungeheuer aufzustöbern.

Sabine Schoder

# Verwünscht nochmal!

## Mein Teufel, die Schnecke und ich

Mit Bildern von
Fréderic Bertrand

SAUERLÄNDER

Okay, bevor ich dir meine Geschichte erzähle, muss ich eines klarstellen:

Die Brotdosenkatastrophe war nicht meine Schuld! Und für das Feuer im Kirchturm konnte ich auch nichts! Und dass jemand in ein schleimiges Kriechtier verwandelt wurde, war nie meine Absicht!

Das war alles SEIN WERK.

Aber lass mich ganz von vorne anfangen …

PS: Wundere dich bloß nicht, dass du die Seitenzahlen selber ausrechnen musst. Das war auch ER. In der Hölle LIEBEN sie MATHE!

In den Sommerferien zogen Papa und ich von der Stadt hinaus ~~ins Kaff~~ aufs Land. Dort sollte ich eine neue Schule besuchen, auf die nur die allerbesten Schüler kommen.

»Lu Isa«, tröstete Papa mich im Umzugswagen. »Mach nicht so ein langes Gesicht. Du findest bestimmt schnell neue Freunde hier.«

Das hoffte ich.
Das hoffte ich wirklich!

Woher hätte ich auch wissen sollen, dass ausgerechnet DAS geschieht? →

Kurz vor Schulbeginn wurden diese Briefe versandt:

# Die Bad-Reinemacher-Eliteschule

für ordentliche Erziehung und exzellente Leistungen

gibt folgende

## KLEIDERVORSCHRIFTEN

für das kommende Schuljahr bekannt:

Kurze, löchrige oder zerrissene Hosen sind

**VERBOTEN!**

Bauchfreie Oberteile und Kapuzenpullis sind

**VERBOTEN!**

Jegliche Verstöße werden ausnahmslos mit Nachsitzen

**BESTRAFT!**

Alle Schüler hatten so einen Brief bekommen ...

... außer mir.

Mein erster Schultag ...

... ging deshalb leider voll daneben.

Meine erste Woche
an der Bad-Reinemacher-Eliteschule
~~für unmenschliche Strafen~~
war so finster wie diese Seiten hier:

1.) Keiner redete mit mir (der Verbrecherin mit der Löcherhose).

2.) Ich musste zur Strafe jede Mittagspause alleine im Schulkeller verbringen.

3.) Sehnsüchtig sah ich aus dem gekippten Fenster dabei zu, wie die anderen Schüler mit ihren Pausenbroten hinunter zum See liefen.

4.) Ich betete darum, dass meine neuen Schulklamotten endlich mit der Post kommen würden.

5.) Ich wollte einfach nur raus aus diesem Keller und ganz normale Freunde finden!

666.) In meinen wildesten Träumen hätte ich nicht geglaubt, WEN ich stattdessen schon bald kennenlernen würde!

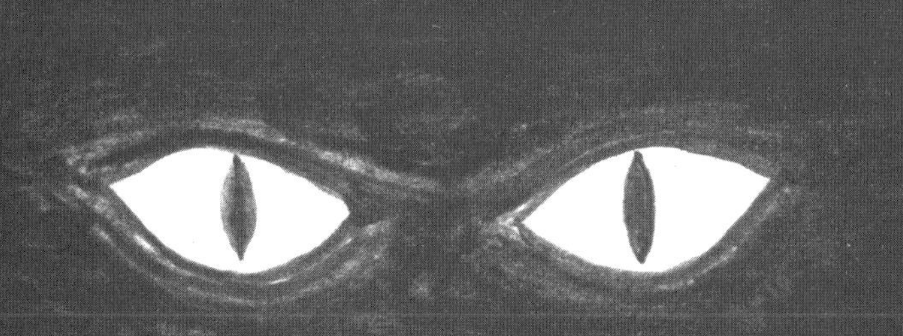

33 : 3 =

Alles fing in der zweiten Woche an.
Ich trat in der Mittagspause aus der Schule und freute mich, dass ich endlich hinunter zum See durfte.
Meine Geheimmission »Freunde finden« konnte starten! Nur leider war ich etwas nervös …

# ICH SPÜRE MEINE BEINE NICHT MEHR!

Sie sind einfach mitten auf der Schultreppe stehen geblieben. Und auch in meinem Bauch kribbelt es so komisch, als hätte ich Essiggurken mit Wackelpudding gegessen. Mit trockenem Mund sehe ich den anderen Schülern nach, die in kleinen Gruppen hinunter zum Schulstrand laufen. Ihr Lachen hallt überall durch die Luft.

»Okay, ihr schafft das«, sporne ich meine Füße an, die wie angewurzelt auf der Treppe stehen geblieben sind. »Geht einfach los. Am Seeufer warten eure zukünftigen Freunde auf euch.«

»Redet die etwa mit sich selber?«, fragt ein älteres Mädchen seine Freundin. Die beiden überholen mich und werfen mir amüsierte Blicke über ihre Schultern zu.

Meine Wangen werden knallrot.

»Das ist die Verrückte vom Teufelshorn«, zischt das andere Mädchen.

*Moment mal. Verrückte vom Teufelshorn?*

*Hab ich etwa schon einen Spitznamen?!*

Kein Wunder, wenn man bedenkt, wo wir jetzt wohnen! Die Bad-Reinemacher-Eliteschule liegt in einem absoluten Kaff. Jeder kennt hier jeden. Bestimmt quatschen sich alle den Mund darüber fusselig, dass Papa und ich in die alte Kirche auf der krummen Waldklippe gezogen sind. Von weitem sieht die tatsächlich wie ein Teufelshorn aus.

Ich drücke meine Brotdose fest an die Brust. Von so was darf ich mich nicht ablenken lassen. Immerhin habe ich eine Mission! Entschlossen springe ich von der Treppe und folge den anderen. Mein Bauch fühlt sich noch immer ein wenig *essiggurkig* an, aber kaum sehe ich das Glitzern von Wasser zwischen den Bäumen, geht es mir besser. Eines muss man Kaff Reinemach nämlich lassen: *Es ist total schön hier!*

Ein leuchtend weißer Kiesweg schlängelt sich zwischen saftig grünen Bäumen hinunter zu einem riesigen Badesee. Die Wellen funkeln so hell im Sonnenlicht, dass ich mir eine Hand über die Augen halten muss. Überall im weichen Sand sind verschnörkelte Eisenbänke mit dem Schulwappen aufgestellt, damit sich die Schüler ihre Kleider nicht schmutzig machen.

»Krasse Frisur!«, ruft jemand zu mir rüber.

Ich drehe mich nach der Stimme um.

Am Bootssteg, der sich wie eine lange Zunge hinaus auf den See streckt, tummeln sich die Mädchen aus meiner Klasse. Die Sonne brennt auf ihre braun gebrannten

Nacken und lässt ihre glatt gebügelten Polohemden leuchten. Sie sitzen im Schneidersitz auf den sauber gefegten Stegbrettern und bewundern ein nigelnagelneues Segelboot, das sanft auf den Wellen schaukelt. Davor steht ein Mädchen mit braun schimmernden Haaren und schaut in meine Richtung. Ich glaube, sie heißt Annabelle.

»Du traust dich ja was!«, kräht sie.

Etwas verlegen streife ich mir eine lila Haarsträhne hinters Ohr.

Richtig gelesen: *lila*.

Früher haben Mama und ich uns einen Spaß daraus gemacht, gemeinsam zum Friseur zu gehen und uns die gleiche Frisur machen zu lassen. Aber diesen Sommer ging das nicht. Also ist Papa mit mir gegangen. Heraus kam ein frecher Sidecut mit lila Haartönung – und zwar bei uns beiden. Ich musste so lachen, als Papa mit Alufolie im Haar unter der Trockenhaube saß!

Die Mädchen hier an der Schule haben keine lila Haare. Auch keine blauen. Oder grünen. Sie tragen Flechtfrisuren, goldene Haarnadeln und Seidenbänder im Königsblau des Schulwappens.

Mit klopfendem Herzen gehe ich zum Bootssteg. Ein Mädchen nach dem anderen dreht sich nach mir um. Sie mustern mich von oben bis unten, ohne etwas zu sagen, und blicken dann zu Annabelle.

»Ich bin ja nur eine *Anwärterin*«, gurrt Annabelle und spielt an einer auffälligen Goldkette an ihrem Hals herum. »Aber ich bin mir ziemlich sicher, dass dieser Aufzug *nicht* den Regeln entspricht.«

Ich blicke an mir hinab.

Die alte Jeans ist mir an den Knöcheln zwar schon ein

paar Zentimeter zu kurz, aber sie hat weder Schlitze noch Risse. Und das hellblaue Hemd meines Papas sieht mit dem Knoten in der Taille und den aufgerollten Ärmeln doch ziemlich cool aus? Natürlich ist das nur eine Notlösung, bis meine neuen Sachen mit der Post kommen. Trotzdem. Alles entspricht der Schulordnung. Ich hab's extra überprüft.

Und was meinte sie mit *Anwärterin*? Anwärterin worauf?

»Ähm … Hallo!«, sage ich. Die Bretter knarzen unter meinen Schuhen, als ich auf den Steg trete. »Ich … ähm … bin Lu Isa.«

Keiner sagt was.

Ich schlucke und halte mit wackeligem Lächeln meine silberne Brotdose hoch. »Ähm, ich hab selbst gebackene Schokokekse dabei. Die sind verdammt lecker. Möchte jemand welche?«

Annabelle stemmt ihre Arme in die Hüften und reckt ihre Nase hoch. »*Selbst gebacken?* Seid ihr etwa *arm*?«

»W-was? Nein, ich, ähm …« Ich hole tief Luft. »Mein Papa ist Kunstbäcker. Er macht besondere Süßigkeiten auf Bestellung. Das sind meine Lieblingskekse. Sieben Sorten Schokostreusel.«

Annabelle zieht beide Augenbrauen hoch. »Also gut«, sagt sie erhaben. »Du darfst mir einen Keks schenken. Dann sehen wir ja, ob er mit der Schweizer Schokolade mithalten kann, die ich im Skiurlaub gegessen habe.«

Ich gehe zu Annabelle, doch bevor ich ihr einen Keks anbieten kann, nimmt sie mir die Brotdose einfach aus der Hand und reißt den Deckel runter. Der Duft von dunkler Schokolade breitet sich über dem Steg aus. Die Mädchen schnuppern erwartungsvoll in der Luft, als Annabelles Finger in einen Haufen krümeliger Schokostreusel eintauchen.

Ich runzle die Stirn.

Normalerweise sehen Papas Kekse doch anders aus?

»Die sind total zerbröselt«, stellt Annabelle erfreut fest. »Die können ja nicht –«

Ich erfahre nie, was die Kekse nicht können.

Denn Annabelle verschlägt es die Sprache.

Wie gebannt starrt sie auf ihre Hand in der Brotdose. Zuerst sieht es so aus, als hätte sie sich bloß vollgekrümelt. Aber dann bewegen sich die Krümel über ihre Finger und klettern an ihrem Arm empor!

Mit einem Aufschrei schleudert sie die Dose von sich. Genau auf die anderen Mädchen, die vor uns auf dem Boden sitzen. Die Schokostreusel fliegen in alle Richtungen. Auf saubere Poloshirts, gebügelte Faltenröcke und glänzende Zöpfe. Doch sie bleiben nicht da, wo sie landen, sondern krabbeln weiter unter Krägen, Hosenbeine und Ärmel.

»AMEISEN!«, kreischen die Mädchen.

*Ameisen?! Aber wie kommen die da rein?*

Ich kann nur mit offenem Mund zusehen.

Annabelle reagiert ziemlich gut, wenn man bedenkt, dass ihre rechte Hand schwarz vor Ameisen ist. Statt wie die anderen Mädchen wild um sich zu schlagen, hechtet sie mit einem gezielten Satz ins Wasser. Eine Welle voll schwarzer Punkte schwappt über den schneeweißen Bug des Segelboots.

Ich kann wirklich nichts dafür, dass sie ausgerechnet in einer Wolke aus Algen landet. Oder, dass die Algen wie glibberiger, grüner Schleim in ihren seidigen Haaren hängen bleiben. Wie ein Seemonster paddelt sie zum Ufer und stapft mit vollgesogenen Kleidern aus dem Wasser. Ein paar Jungs halten sich die Nasen zu und behaupten, sie würde nach Entenfüßen riechen.

Annabelle wirbelt zu mir herum.

Ihr Gesicht glüht vor Zorn.

»Komm bloß nicht mehr in meine Nähe!«, keift sie. »Ich hätte es wissen müssen! Jeder in Bad Reinemach weiß, dass mit dem Teufelshorn etwas faul ist! Nur total Verrückte würden da raufziehen!«

Es wird still.

Auch die anderen Mädchen schauen mich vorwurfsvoll an.

Ich bekomme kein Wort raus.

Annabelle tastet nach der Goldkette an ihrem Hals und sieht sich um, so als würde sie nach jemandem suchen. Plötzlich wirkt sie unsicher. »Wir gehen jetzt«, befiehlt sie den anderen Mädchen. »Ich muss das unbedingt in Ordnung bringen, bevor sie mich so sehen.«

Sie? Meint sie damit unsere Lehrer?

Die Mädchen gehorchen sofort. Eins nach dem anderen stapft ihr über den Sand hinterher zur Schule hinauf. Ich möchte mich bei Annabelle entschuldigen, auch wenn ich keine Ahnung habe, wie die Ameisen in meine Brotdose gekommen sind. Doch erst als das letzte Mädchen sich umdreht, kann ich wieder etwas sagen.

»T-tut mir echt leid«, krächze ich. »Das war keine Absicht!«

Das Mädchen blickt unsicher über den Strand. »Auch wenn es keine Absicht war – in diesem Aufzug kannst du unmöglich bei uns herumlaufen. Sie werden das nicht erlauben, verstehst du?«

Nein, ich verstehe kein Wort. Doch bevor ich das sagen kann, eilt sie schon den anderen nach. Viel zu spät rufe ich: »Aber ich halte mich doch an die Schulordnung!«

Das Mädchen reagiert nicht mehr.

Umso überraschter bin ich, als jemand hinter mir antwortet.

»Deine Klamotten sind vielleicht für die Direktorin okay«, sagt ein Junge. »Aber nicht für die INFLUENZA.«



13 + 5 =

Jaaa, ich weiß! Nach der Sache mit den Ameisen hätte ich ahnen müssen, dass hier etwas nicht mit rechten Dingen zugeht! Doch als ich mich umdrehte, war ich einfach nur froh, dass überhaupt noch jemand mit mir redete …

# »Willst du dich zu uns setzen?«

Ich blinzle den Jungen an, als hätte ich mich eben verhört.

Vor mir steht Damien Dorn, der coolste Junge aus meiner Klasse, und grinst mit seinen schneeweißen Zähnen. Seine kurzen Haare sind sorgfältig frisiert und zu den winzigsten Rastas geflochten, die ich je gesehen habe. Auch an seinem Hals funkelt eine auffallende Goldkette.

*»Was?«*, krieg ich gerade noch raus.

Er lacht mich an. »Du hast schon richtig gehört! Willst du dich zu uns setzen?«

Hinter Damien entdecke ich die anderen Jungs aus meiner Klasse.

Alle schauen mich gespannt an.

Damien lehnt sich zu mir und flüstert verschwörerisch: »Wir haben ein schattiges Plätzchen drüben beim Bootshaus, wo es keine Lehrer und keine Vorschriften gibt. Du siehst wie eine aus, der das gefallen könnte?«

Sein Blick wandert dabei über meine lila Haare.

»A-aber ich halte mich doch an die Vorschriften?«, frage ich verunsichert. »Und was hast du mit Influenza gemeint? Ist das nicht die Grippe?«

Damiens Augen leuchten auf. »Sie heißen INFLUENZA. Ich erzähle dir alles über sie. Drüben beim Bootshaus. Kommst du?«

Mich beschleicht eine komische Vorahnung. Warum will Damien, dass sich das unbeliebteste Mädchen der Schule zu ihm setzt? Andererseits sagt Papa immer, dass man allen Leuten eine Chance geben muss. Vielleicht ist er ja einfach nur nett?

»Okay«, willige ich ein. »Hört sich gut an.«

*»Perfekt.«* Damiens Grinsen wird noch breiter. Seine Finger gleiten über die Goldkette, die haargenau so aussieht wie die von Annabelle.

Rasch hole ich meine Brotdose, die noch auf dem Bootssteg liegt, und schüttle die restlichen Krümel ins Wasser. Ein paar Enten paddeln hinter den Segelbooten hervor und freuen sich über den Snack. Aus dem Augenwinkel sehe ich, dass die Jungs hinter meinem Rücken tuscheln. Doch als ich mich umdrehe, lächeln mich alle an.

»Komm schon«, ruft Damien freundlich.

Ich springe vom Steg und laufe mit den Jungs durch den Sand.

Damien hat nicht zu viel versprochen! Die großen Sprossenfenster der Bad-Reinemacher-Eliteschule blicken zwar wie wachsame Augen über den Strand – doch das weiß gestrichene Bootshaus kann man von dort nicht sehen. Es versteckt sich unter ein paar schattenspendenden Bäumen, deren Wurzeln wie die Arme eines Tintenfisches hinaus ins Wasser ragen. Der Platz sieht wahnsinnig gemütlich aus. Und das Beste: keine Lehrer weit und breit.

»Damien!«, ruft plötzlich ein Junge von hinten, an dessen Namen ich mich nicht erinnere. Er grinst übers ganze Gesicht. »Wir haben die Aufnahmeprüfung vergessen!«

Damien bleibt sofort stehen und sieht mich an. »Stimmt. Ohne die darfst du leider nicht bei uns sitzen.«

»Aufnahmeprüfung?« Ich runzle die Stirn. »Aber die war doch schon im Frühling. Sonst wäre ich ja nicht hier.«

»Nicht die Aufnahmeprüfung für die Schule«, erwidert er kopfschüttelnd. »Die Aufnahmeprüfung für *uns.* Wer beim Bootshaus sitzen will, muss zuerst beweisen, dass er oder sie würdig ist.«

Die Jungs stoßen sich gegenseitig an und grinsen.

Denken sie etwa, ich kneife, weil ich ein Mädchen bin? Immerhin habe ich das silberne Schwimmabzeichen gemacht, das große Einmaleins auswendig gelernt und einen Allergietest gegen Hunde- und Pferdehaare bestanden, um an der Bad-Reinemacher-Eliteschule aufgenommen zu werden. Auf unserem Stundenplan stehen Fächer wie Segeln, Polo und Bogenschießen! Wenn alle Jungs diese zweite Prüfung bestanden haben, dann schaff ich das auch.

»Du musst natürlich nicht«, meint Damien lächelnd. »Keiner zwingt dich.«

Ich hole tief Luft. »Was soll ich tun?«

26 - 5 =

Die Jungs führen mich zurück zur Schule hinauf. Allerdings nicht über den weißen Kiesweg, sondern durch versteckte Trampelpfade im Gebüsch, damit uns die Pausenaufsicht nicht entdeckt. Wir müssen uns durch Haselnusssträucher und Sommerflieder schlagen, um unbemerkt zur Westseite der Schule zu gelangen.

»Hier ist es«, sagt Damien und biegt ein paar Äste zur Seite.

Vor uns taucht ein verschnörkelter Eisenzaun auf.

»Ist das nicht der berühmte Ziergarten?«, frage ich verwundert.

Ich kenne den Garten aus dem Schulprospekt. Offenbar hat er schon viele Preise gewonnen, doch als ich einen Blick durch die Gitterstäbe werfe, kann ich das nicht nachvollziehen. Zurechtgestutzte Buchsbaumhecken, noch mehr weiße Kiespfade und kugelrund geschnittene Zierbäume, die in einer Allee gepflanzt sind. Dazwischen die aufragenden Statuen erfolgreicher Schulabsolventen. Für mich sieht das ziemlich langweilig aus.

Damien deutet auf einen Springbrunnen in der Mitte des Gartens. »Siehst du den gelben Rosenstrauch am Becken? Du musst eine Blüte stehlen.«

»Das ist alles?«

Er schnaubt amüsiert. »Besser, dich erwischt keiner. Der Garten ist für Schüler strengstens verboten. Und das Büro der Direktorin liegt gleich daneben.«

Die Direktorin!

Wenn ich nur an sie denke, hab ich schon Wackelpudding im Bauch! Sie war es, die mich jede Mittagspause im Schulkeller eingesperrt hat. Und das nur, weil ich den Brief mit der Kleiderordnung nicht bekommen habe.

Was würde sie erst machen, wenn sie mich hier erwischt?

Damien lacht auf, als er mein Zögern bemerkt. »Keine Angst. Über Mittag sind alle Lehrer im Teezimmer an der Südseite der Schule. Hier an der Westseite vermutet uns keiner.«

Ich schaue noch mal durch den Zaun. Eigentlich habe ich keine große Lust, schon wieder die Schulregeln zu brechen. Aber wenn ich das hier schaffe, muss ich die Pausen vielleicht nie mehr alleine verbringen …

Ich atme tief durch und drücke Damien meine Brotdose in die Hand. »Also gut, reserviert mir schon mal ein schattiges Plätzchen beim Bootshaus!«

Die Jungs feuern mich an, als ich über den Gartenzaun klettere. Zum Glück sind seine Eisenspitzen kein großes Hindernis. In einem Satz schwinge ich mich über den Zaun hinweg und lande im weißen Kies dahinter.

Sofort sprinte ich los.

Die Statuen der Schulabsolventen scheinen mich aus den Augenwinkeln zu beobachten. Eine davon wirkt neuer als die anderen und kommt mir ziemlich bekannt vor. Für einen Moment bin ich so abgelenkt, dass ich beinahe eine Kette übersehen hätte, die sich quer über den Weg spannt. Ich springe gerade noch rechtzeitig darüber hinweg und bleibe erst vor dem Rosenstrauch schlitternd im Kies stehen.

Die Rosenblüten riechen so streng nach Insektenschutzmittel, dass niemals eine Biene hineinkriechen würde. Auch wenn unser neuer Garten hinter der Kirche etwas, ähem, *ungewöhnlich* sein mag, ist er mir doch tausendmal lieber als dieser hier. »Tut mir leid, Strauch«, flüstere ich. »Du musst eine Rose für mich opfern.«

46 : 2 =

Der Strauch ist damit nicht einverstanden.

Er wehrt sich mit dicken Dornen, die er tief in meine Haut bohrt. Mit zusammengepressten Lippen reiße ich eine Blüte ab, stecke meinen blutenden Daumen in den Mund und will so schnell wie möglich mit meiner Beute flüchten. Doch dann fällt mir auf, dass die Kette plötzlich im Kies liegt.

Hab ich sie versehentlich losgerissen?

Rasch laufe ich hin und hebe sie auf. Wozu sie wohl da ist? Sie wirkt viel zu neu und unpassend für diesen Garten. Eher wie eine Kette, die man im Baumarkt besorgt, um ein Gatter zu verschließen oder einen Hund –

Moment mal. Was ist das für ein Geräusch?

*Atmet* da etwas hinter mir?!

Die gute Nachricht lautet: Hinter mir war kein Lehrer.
Die schlechte Nachricht lautet: Hinter mir war ein Wachhund!
Die schlimmste Nachricht lautet:
ICH HIELT SEINE KETTE IN DER HAND!

Sofort lasse ich die Kette fallen.

*»Guuhuuter Hund!«*, säusle ich mit erhobenen Händen. *»Braahaaver Hund!«*

Der Hund entblößt seine spitzen Zähne und knurrt mich an.

»L-l-lässt du mich v-v-vielleicht einfach g-g-gehen?«, schlage ich vor.

Er springt auf mich zu.

Gerade noch rechtzeitig hüpfe ich wie ein Eichhörnchen hinauf in einen kugelrund geschnittenen Zierbaum. Die Äste sind so dünn, dass sie sich gefährlich nach unten biegen. Zum Glück habe ich heute keine Schokokekse gegessen! Wäre ich nur ein paar Gramm schwerer, würde ich als riesiger Hundeknochen enden.

»Können wir vielleicht darüber reden?!«, quieke ich panisch hinunter.

**»WRRRAFF! WRRRAFF! WRRRAFF«,**

meint der Hund.

Die Jungs hinter dem Zaun machen Lärm. Zuerst denke ich, dass sie den Hund ablenken und mir zur Flucht verhelfen wollen. Aber dann sehe ich, dass sie lachen. Lauthals **lachen**. Und sich die Bäuche halten.

»Ach ja, hab ich … hab ich ganz vergessen!« Damien kriegt die Worte vor lauter Gelächter kaum noch raus. »Wenn die Direktorin im Teezimmer ist, passt ihr preisgekrönter Bullterrier auf den Garten auf! Wir nennen ihn Knochenknacker!«

Die Jungs kringeln sich vor Lachen auf dem Boden.

Mit einem heftigen Stich im Magen wird mir klar, dass sie mich reingelegt haben.

Damien fummelt schon wieder an seiner Goldkette herum, die im Sonnenlicht aufblitzt. »Ich muss mich echt bei dir bedanken!«, ruft er. »Wenn die INFLUENZA hiervon hören, krieg ich sicher bald einen Buchstaben!«

»Du mieser Lügner«, knurre ich. Keine Ahnung, was für Buchstaben er kriegen will, aber das ist mir jetzt auch egal! Immerhin hab ich ein größeres Problem. Eines mit spitzen Zähnen, das unter mir auf dem Kiesweg sitzt!

»Willst du nicht lieber ein paar köstliche Jungs verspeisen?«, biete ich dem Hund an. Leider weiß ich nicht, was das auf Hundesprache heißt. Der Hund legt nur seinen fuchsroten Kopf schief und schaut mich an.

»Noch ein kleiner Tipp zum Abschied!«, ruft Damien durch den Zaun. »Du solltest von diesem Baum runterkommen, bevor die Direktorin dich erwischt! Sonst macht sie Kleinholz aus dir!«

Kurz bevor er mit den anderen Jungs im Gebüsch verschwindet, zertrampelt er etwas auf dem Boden. Dann wird es unheimlich still um mich herum. Nur das Plätschern des Springbrunnens und ein halbherziges *Wuff!* des Hundes sind noch zu hören.

Ich sitze auf dem Baum fest.

Einerseits glaube ich nicht, dass unsere Direktorin einen wirklich gefährlichen Wachhund in der Schule halten dürfte. Andererseits habe ich keine Lust, hinunterzuklettern und das Versuchskaninchen zu spielen. Wie komm ich hier nur wieder runter, ohne als saftiges Leckerli zu enden?

Moment mal! Ich muss gar nicht *runter.* Ich kann oben bleiben! Die Bäume sind in einer dichten Reihe nebeneinander gepflanzt, die bis zum Zaun führt. Ich muss mich einfach wie ein Affe von Ast zu Ast hangeln.

In meiner Vorstellung ist das kinderleicht.

In Wirklichkeit hechte ich mit wackeligen Knien von einer zurechtgestutzten Baumkrone in die nächste. Es gibt keinen Körperteil, den ich mir dabei nicht aufkratze. Auch meine Jeans – meine einzige schultaugliche Hose! – reiße ich mir an den Knien auf.

Knochenknacker tappt mir breitbeinig von Baum zu Baum hinterher. Erst als ich den allerletzten erreiche, dreht er sich um und trottet zum Springbrunnen, um mit seiner rosa Zunge Wasser zu schlabbern. Das hätte er auch zehn Minuten früher tun können!

Erschöpft klettere ich über den Zaun und lande auf der anderen Seite.

Meine Brotdose liegt zertrampelt im Gras.

Ich hebe sie auf und wische den Schmutz ab. Zum Glück ist sie aus Metall, das sich wieder ausbeulen lässt. Mama hat sie mir im Frühjahr gekauft, weil sie besser für die Umwelt ist als eine Plastikdose. Beim Gedanken an Mama schießen mir plötzlich Tränen in die Augen.

81 : 3 =

Ich wünschte, sie wäre hier. All die abenteuerlichen Geschichten, die sie über diese Schule erzählt hat, kommen mir jetzt wie Märchen vor. Nur wird hier nicht die böse Hexe im Ofen gegrillt, sondern Gretel mit den falschen Klamotten.

Seufzend blicke ich an mir hinab. Mit dieser zerlöcherten Hose brauche ich mich gar nicht erst zurück in den Unterricht zu wagen. Wenn mich die Direktorin so erwischt, sperrt sie mich für den Rest der Woche in den Schulkeller. Besser, ich gehe gleich nach Hause und bitte Papa um eine Entschuldigung.

Dafür muss ich aber erst mal zum Schultor kommen.

Und zwar ohne entdeckt zu werden.

Ich schleiche durchs Gebüsch, bis ich an der Vorderseite der Schule ankomme. Hier gibt es keine Verstecke mehr. Die Marmortreppe leuchtet wie frisch gefallener Schnee im Sonnenlicht, und der saftig grüne Rasen ist so niedrig gestutzt, dass sich nicht mal eine Schnecke darin verbergen könnte. Geduckt husche ich unter den großen Sprossenfenstern des Teezimmers hindurch. In meiner Vorstellung blicken Dutzende Lehreraugen über mich hinweg hinunter zum Strand.

Aber keiner entdeckt mich.

Ich kann mein Glück kaum fassen, als ich um die Ecke biege und über den Parkplatz laufe. Gleich hinter den Autos befindet sich das Schultor. Von dort führt ein Trampelpfad über eine Wiese hinauf zur Waldklippe, auf der ich jetzt wohne. Das Teufelshorn. Ich bin schon fast draußen, als mir jemand hinterherruft.

»Entschuldigung! Ich will dich nicht beim Herumschleichen stören, aber kannst du mir bitte sagen, wo das

7 X 4 =

Sekretariat ist? Heute ist mein erster Tag hier!«

Ertappt halte ich an und drehe mich um.

Ein Mädchen steht vor einem glänzenden Mercedes und hält einen Schulprospekt in der Hand. Ich traue meinen Augen kaum, als ich sie mir genauer ansehe.

Sie kleidet sich genau wie ich!

Es war kaum zu glauben! Da war nicht einfach nur ein Mädchen, das löchrige Jeans mochte. Da war ein Mädchen, das mich total nett anlächelte! Und sie war auch neu hier. Und sie hatte keine Ahnung, was die Direktorin mit ihr anstellen würde …

# »Niemand darf dich hier so sehen!«,

rufe ich dem Mädchen zu. »Hast du etwa auch keinen Brief mit der Kleiderordnung der Schule bekommen?!«

Das Mädchen blickt an sich hinab. Schwarze Locken fallen über ihre Schultern, nur die Haarspitzen sind in bunten Pastelltönen gefärbt: himmelblau, babyrosa und mintgrün. Über ihren Knien sind coole Schlitze in der Hose, und ihr sonnengelbes Top reicht ihr gerade mal bis zum braun gebrannten Bauchnabel.

»Was stimmt mit meinen Klamotten nicht?«, fragt sie verwundert.

Gar nichts, möchte ich am liebsten sagen. *Es sieht voll gut aus.*

Aber das würde ihr jetzt nicht helfen.

»Nichts stimmt!« Mit fuchtelnden Armen laufe ich zu

ihr und versuche, sie zum Schultor zu treiben. »Bitte glaub mir einfach! Du musst sofort nach Hause, bevor dich jemand so sieht!«

Doch das Mädchen rührt sich nicht von der Stelle. Sie verschränkt ihre Arme vor der Brust, schüttelt ihre wilden Locken und bleibt wie festgenagelt vor dem Mercedes stehen. »Mich soll niemand sehen? Tja, dafür ist es wohl zu spät!«

»Ich zähle nicht! Ich meine so jemanden wie –«

»Sie meint so jemanden *wie uns*«, fällt mir von hinten jemand ins Wort.

Ich wirble herum.

Eine Gruppe von älteren Schülern hat uns unbemerkt umzingelt. Fünf Jungs und vier Mädchen, ein Gesicht schöner als das andere. Mir fallen sofort die goldenen Halsketten auf, die sie alle tragen. Haargenau wie die von Annabelle und Damien, nur mit jeweils einem großen Buchstaben dran. Sie haben sich so nebeneinander aufgestellt, dass sie zusammen ein Wort bilden:

Das müssen sie sein.

Die Schüler, wegen deren Damien mich reingelegt hat.

Die Schüler, vor denen sogar Annabelle Respekt hatte.

»Heute ist wohl unser Glückstag!« Der Junge, der das goldene A um den Hals trägt, tritt aus der Reihe. Mit einer lässigen Handbewegung streift er seine vor Gel triefenden Haare zurück und blickt mich mit tintenblauen Augen an. »Da erwischen wir nicht nur einen, sondern gleich *zwei* Modesünder.«

»Modesünderinnen, Arvid«, korrigiert ihn ein wunderschönes, doch gelangweilt wirkendes Mädchen. Sie betrachtet ihre blassgold bemalten Fingernägel.

»Wie auch immer«, murmelt Arvid, ohne uns aus den Augen zu lassen. Er kaut genüsslich auf einem Kaugummi, während seine abschätzigen Blicke von oben bis unten über unsere Klamotten wandern. »Wisst ihr, was eurem Outfit noch fehlt?«

Ohne Vorwarnung spuckt er den Kaugummi auf das Top des neuen Mädchens. Einen Moment lang reagiert sie überhaupt nicht, sieht nur verdutzt an sich hinab und wirft mir einen Seitenblick zu, als würde sie mir etwas sagen wollen. Dann bricht sie mit einem Aufschrei vor uns zusammen.

**»GETROFFEN!«**

Sie wirft ihre Arme in die Luft und sinkt in einer geschmeidigen Umdrehung auf den Boden. Ihre schwarzen Locken fächern sich wie ein Trauerschleier über ihr Gesicht. Von einer Sekunde zur nächsten rührt sie sich nicht mehr.

Schwer zu sagen, wer von den INFLUENZA am blödesten aus der Wäsche guckt. Arvids Mund steht weit offen, die anderen glotzen sich fast die Augen aus den Köpfen, und selbst die Gelangweilte blickt eine Sekunde auf, bevor sie sich wieder ihren Fingernägeln widmet.

4 X 8 =

Rasch kauere ich mich neben das Mädchen. »Hey! Ist alles in Ordnung mit dir?«

»Ja!«, zischt sie so leise durch ihre Locken, dass nur ich es hören kann. In einer viel lauteren Stimme fügt sie hinzu: »Schnell! Eile ins Dorf und hole meine Eltern herbei! Es geht mit mir zu Ende!«

»A-aber ich weiß nicht mal, wie du heißt!«

»Ha ... Tschi ...«, röchelt sie.

*»Hatschi?«*

»Gesundheit«, japst sie.

Panisch rolle ich sie auf den Rücken, um sie auf Verletzungen abzusuchen. Doch ich entdecke nur einen völlig normalen Kaugummi, der auf ihrer Brust klebt. Mir fällt nichts Besseres ein, als ihn mit dem Finger runterzuschnippen.

Hatschis Augen rollen nach hinten. »Geh jetzt! Mein kleiner Bruder braucht dringend seine Medizin! Fünf Stück Trockenfutter aus Miezes Napf. Fünf Stück direkt in seinen kleinen Sabbermund ...«

»Du fütterst deinem Bruder Katzenfutter?!«, hake ich ungläubig nach.

Sie hustet merkwürdig. Es hört sich verdächtig wie Lachen an. »Der kleine Stinker hat's nicht anders verdient. Außerdem mag er es total gerne. Jetzt mach endlich, dass du von hier wegkommst! Na los! Meine Schusswunde war tödlich!«

»Aber das war doch nur Kaugummi!« Ich deute auf den unübersehbaren Kaugummipickel, der jetzt auf dem polierten Lack des Mercedes haftet. »Schau doch! Er klebt auf dem Auto da!«

Plötzlich packt Hatschi mich am Kragen und zieht mich

bis dicht vor ihre Nase runter. »Das ist ein Ablenkungsmanöver!«, zischt sie durch die Zähne. »Hau schnell ab und bring dich in Sicherheit!«

O Mann, bin ich blöd!

Sie hat das alles nur gespielt!

»Hey! Was quatscht ihr da?!«, faucht Arvid. Langsam scheint er sich vom Schock zu erholen, jemanden mit einem stinknormalen Kaugummi erschossen zu haben. Seine tintenblauen Augen kneifen sich misstrauisch zusammen. Hatschis Plan wird nicht mehr lange funktionieren. Wir müssen verschwinden, bevor –

**»WER,
IN TEUFELS NAMEN,
HAT EINEN KAUGUMMI
AUF MEINEN MERCEDES
GEKLEBT?!«**

Bevor genau so etwas passiert.

»O nein«, stöhne ich.

Hinter den INFLUENZA erscheint eine Gestalt in schiefergrauer Bluse mit extrahohem Stehkragen. Eine graue Haarwolke türmt sich wie ein Wespennest auf ihrem Kopf. Selbst ihr giftiges Gesicht sieht aus, als hätte es ein paar Stiche abgekriegt. Sie bückt sich zu ihrem Auto hinab und inspiziert den Lack.

»Das ist die Direktorin«, raune ich Hatschi verzweifelt zu. »Frau Powischer.«

»Frau *was*?!«, kichert Hatschi .

Ich muss mich beeilen. Für Flucht ist es zu spät, aber noch ist Frau Powischer so mit ihrem Mercedes beschäftigt, dass sie Hatschi nicht entdeckt hat. Rasch helfe ich ihr vom Boden hoch und schiebe sie hinter ein geparktes Auto. »Versteck dich hier«, flüstere ich ihr zu. »Die Direktorin darf dich nicht so sehen!«

Einen Moment blinzelt Hatschi mich mit großen Augen an, dann kauert sie sich neben einen Autoreifen.

Ich drehe mich wieder um.

Inzwischen haben noch mehr Schüler die Unruhe bemerkt und drängen sich hinter die INFLUENZA. Nicht wenige Mädchen werfen Arvid verträumte Blicke zu. Doch der hat nur Augen für mich. Ein fieses Grinsen spannt sich über sein Gesicht, als er seinen Zeigefinger langsam auf mich richtet. »Die da war's.«

Alle Köpfe drehen sich zu mir.

Auch das spitze Gesicht der Direktorin.

*»Lu Isa Diabolus«*, verkündet sie mit unheilvoller Stimme. »Ich hätte es wissen müssen. Kaum eine Woche hier und schon Unruhestifterin Nummer eins!«

*Unruhestifterin Nummer eins* klingt immerhin besser als *Verrückte vom Teufelshorn*.

Als hätte die Direktorin meine Gedanken erraten, fügt sie mit bitterem Schnauben hinzu: »Etwas anderes ist wohl nicht zu erwarten von jemandem, der an einen verfluchten Ort wie das Teufelshorn zieht!«

Die Schüler tuscheln aufgeregt.

Ein INFLUENZA beugt sich zu Arvid. »Was für ein Fluch? Was meint sie damit?«

Arvid antwortet ihm, ohne seinen Blick auch nur eine Sekunde von mir abzuwenden. Seine tintenblauen Augen blitzen vergnügt auf. »Sie meint damit, dass Diabolus nicht die geringste Ahnung hat, was ihr noch alles blüht.«

Ich schlucke.

Verfluchte Orte? Alles nur Aberglaube! Schon seit Wochen wohnen Papa und ich in der alten Kirche auf dem Teufelshorn. Und bisher ist überhaupt nichts Merkwürdiges passiert. Außer vielleicht, dass der Schulbrief nie angekommen ist. Und meine Frühstücksdose voller Ameisen war. Und manchmal, nachts, da höre ich … Ach was! Ich darf mich nicht verrückt machen lassen!

»Das … das ist Arvids Kaugummi!«, verteidige ich mich endlich. Ich imitiere seine Haltung und richte meinen Zeigefinger auf ihn. Hoffentlich bemerkt niemand das leichte Zittern. »Er hat bestimmt noch mehr davon.«

Die Menge saugt den Atem ein.

9 X 4 =

Arvids Augen weiten sich ungläubig.

»Was höre ich da?!«, fragt Frau Powischer. Sie stemmt ihre dürren Arme in die Hüften, stapft zu Arvid und blickt ihn auffordernd an. »Was sagt dieses Mädchen da über dich, Arvid, mein Engel?«

*Mein – mein Engel?!*

**Was?!**

Mir klappt die Kinnlade runter.

Arvids Grinsen wird noch fieser, falls das überhaupt möglich ist. Er wirft mir einen triumphierenden Blick zu. »Keine Ahnung, wovon die Verrückte da spricht. Ich kaue keine Kaugummis. Die sind nicht gesund. Wie du mir so oft gesagt hast, *Omi*.«

*»Ach du Kacke«*, zischt Hatschi hinter dem Auto.

Ich könnte ihr nicht mehr zustimmen!

Dieser blonde Schleimer ist ausgerechnet der Enkel unserer Direktorin?!

»Natürlich, Arvid. Du bist ein guter Junge.« Frau Powischer dreht sich zu mir und mustert mich von oben bis unten. Die Grasflecken und Löcher auf meiner Hose fallen mir wieder ein. »Was für ein gammeliger Aufzug ist das schon wieder?! Und dann noch Kaugummi auf mein Auto kleben und meinen Enkel beschuldigen! Dafür rufe ich deinen Vater an!«

Bloß das nicht! Nach dem Anruf der Direktorin letzte Woche hat Papa vor Schreck das Geschirr im Backofen gewaschen und die Spaghettisoße in der Waschmaschine gekocht. Die Tomatenflecken sind immer noch auf meinem Lieblingsshirt. Wenn ich es anziehe, sehe ich aus, als hätte man mich grausam ermordet. (Also schon irgendwie cool.) Trotzdem kann ich das Papa nicht noch mal antun.

Mir bleibt nur eins übrig. »Wenn ich das mit dem Kaugummi zugebe«, frage ich. »Rufen Sie meinen Papa dann nicht an?«

Frau Powischer zieht ihre schmal gezupften Augenbrauen hoch. »Das werden wir sehen, nachdem du mein Auto auf Hochglanz poliert hast. Geh in den Keller und besorg dir einen Lappen vom Hausmeister. Den Weg da runter kennst du ja inzwischen!«

Die Direktorin bleibt mit verschränkten Armen auf dem Parkplatz stehen. Ich kann nichts mehr zu Hatschi sagen, ohne ihr Versteck zu verraten. Nur einen Tipp kann ich ihr noch geben.

»DIE KLEIDERVORSCHRIFTEN DER SCHULE«, frage ich Frau Powischer viel zu laut. »WO KANN ICH DIE NOCH MAL FINDEN?«

»Auf unserer Webseite«, faucht sie. »Das habe ich dir letzte Woche schon mehr als deutlich gesagt!«

Hoffentlich hat Hatschi das verstanden.

Mehr kann ich nicht mehr für sie tun.

Mit gesenktem Kopf gehe ich an den schadenfrohen Gesichtern der INFLUENZA vorbei. Plötzlich greift Arvid nach meinem Ärmel und hält mich einen Moment lang fest. So leise, dass nur ich es hören kann, raunt er etwas in mein Ohr. Ein kalter Schauer läuft mir über den Rücken.

*»Morgen, Diabolus«*, zischt er. *»Bist du dran.«*

Eeeeeendlich war dieser Tag vorbei!
Dachte ich zumindest, als ich nach der Schule den Trampelpfad zum Teufelshorn hochstapfte.
Doch mit einer Sache hatte Arvid recht: Ich hatte tatsächlich noch keine Ahnung, was mich in dieser Nacht erwarten sollte …

# Riecht es hier nach Keksen?

Ich schnuppere.

Ja, das sind frischgebackene Kekse!

Ich habe den Waldrand erreicht und betrete den verwilderten Friedhof auf dem Teufelshorn. Begraben wird hier oben schon lange niemand mehr. Die Mauern der Grüfte sind eingefallen, ihre Gitter verrostet und die Grabblumen haben sich längst über den Waldboden ausgebreitet. Überall duftet es nach Tannennadeln, wilden Rosen und … *Keksen.*

Rasch laufe ich weiter zur Lichtung des Waldes, wo unsere Kirche im hohen Gras aufragt. Im Umzugswagen hat Papa mir erzählt, dass sie einst aus weißen Steinen gebaut wurde. Aber mit der Zeit haben Wind und Wetter ihre Mauern schwarz gefärbt. Efeu und wilder Wein ranken sich bis zum Kirchturm empor und umschlingen die alte Glocke, so dass sie sich nicht mehr läuten lässt. Das ist auch gut so. Denn da oben ist jetzt mein Zimmer.

»Und es ist ganz bestimmt nicht verflucht«, flüstere ich.

Trotzdem bildet sich Gänsehaut auf meinen Unterarmen.

Von irgendwoher höre ich Papa pfeifen. Es ist nicht schwer, ihn zwischen all den Grüntönen zu finden, denn Papa leuchtet wie ein exotischer Vogel. Er zieht einfach an, was gerade sauber ist. Heute trägt er einen blauen und einen gelben Gartenhandschuh, eine schwarz-weiß gestreifte Bäckerschürze und kurze Hosen in Ketchuprot. Seine Haare schimmern in der Sonne genauso lila wie meine.

»Hallo, Fledermaus!«, begrüßt er mich. Er kniet hinter einem Hochbeet, das er aus alten Sitzbänken gebaut hat, und bindet Erbsenranken an einem verschnörkelten Eisenkreuz fest. »Ich musste dringend an die frische Luft«, erklärt er lächelnd. »Hab den ganzen Vormittag über den Keller ausgemistet.«

»Die Kirche hat einen Keller?«, frage ich verwundert.

»Na ja, eigentlich sind es Katakomben …« Papa kratzt sich an seinem unrasierten Hals. »Aber das erkläre ich dir ein anderes Mal. Wie war's denn heute in der Schule? Durftest du in der Pause endlich an den Strand?«

»Mhm«, brumme ich.

»Hast du ein paar Kinder kennengelernt?«

»Mhm.«

Papa legt den Bindedraht weg, wischt seine Hände an der Schürze ab und steht auf. »Was ist los, Fledermaus? Und bitte diesmal eine Antwort, die mehr als nur eine Silbe hat.«

Ich beiße mir auf die Unterlippe und gehe um das Hochbeet herum.

Papa entdeckt sofort die Löcher in meiner Hose.

»Was ist passiert?«

»Ähm … Bin auf einen Baum geklettert«, murmle ich.

Dass unter dem Baum ein knurrender Wachhund saß, will ich ihm nicht verraten.

Dass mich ein paar fiese Jungs reingelegt haben, erst recht nicht.

Zum Glück bohrt Papa nicht nach. Er streckt einfach seine Arme aus und fängt mich auf, als ich in seine Umarmung laufe. Ich drücke mein Gesicht fest an seine Schürze. Sie duftet nach frischer Erde und geröstetem Mehl. »Aller Anfang ist schwer, Fledermaus«, flüstert er in meine Haare. »Hab ich dir schon erzählt, wie alle mich geärgert haben, als ich so alt war wie du?«

Ungefähr tausendmal, seit wir nach Kaff Reinemach gezogen sind. Aber ich schüttle trotzdem den Kopf, damit er mir die Geschichte noch mal erzählt. Papas tiefe Stimme klingt so wunderbar beruhigend.

»Alle Jungs haben mich ausgelacht, weil ich lieber Kekse gebacken habe, statt Fußball zu spielen«, beginnt er. »Sie haben mir heimlich Pfefferkörner in den Teig gestreut, die Temperatur am Backofen verdreht oder das warme Backblech von der Fensterbank geworfen. Aber weißt du, was ich gemacht habe? Jedes Mal, wenn ich vor lauter Pfeffer niesen musste, wenn meine Kekse verbrannt oder im Dreck gelandet sind?«

Ich schaue zu ihm hoch. »Du hast nicht aufgegeben.«

»Genau«, sagt er mit einem warmen Lächeln. »Ich hab weiter gebacken, weil es das war, was ich wirklich machen wollte. Und eines Tages hab ich die besten Kekse der Welt erfunden. Zumindest hat deine Mutter das immer behauptet.«

»Denkst du, es gibt Kekse da oben bei Mama?«

Papa drückt mich fest an sich. »Ich hoffe es, Fledermaus.«

Nachdem Papas Kekse berühmt geworden waren, wollten plötzlich alle mit ihm befreundet sein. Um ehrlich zu sein, hab ich deshalb die Schokokekse heute mit in die Schule genommen. Wie hätte ich auch ahnen sollen, dass alles so schiefläuft?

Schon ein bisschen merkwürdig das alles. Immerhin war meine Brotdose den ganzen Vormittag in meinem Rucksack und der Deckel fest verschlossen. Wie konnten da nur Ameisen reinkommen? Widerwillig muss ich an das denken, was die Direktorin gesagt hat. Sogar sie hält diesen Ort hier für verflucht.

»Ach ja«, sagt Papa plötzlich. »Hab ich ganz vergessen. Dein Päckchen ist heute mit der Post gekommen.«

»WAAAAAAS?!« Ich reiße mich von ihm los. »Und das sagst du mir erst jetzt?!«

Mein Päckchen!

Meine neuen Klamotten!

Meine Rettung!

»Es steht in der Küche vor dem –«, fängt Papa an, aber ich höre ihm schon nicht mehr zu. Wie von der Tarantel gestochen springe ich über die Wildkräuterbeete hinweg, hetze die alten Steinstufen zum Eichentor hinauf und stürme in die Kirche. Die Sonne leuchtet durch die großen Fenster und wirft bunte Lichter vor meine Füße. Ich laufe an überfüllten Bücherregalen und kuscheligen Sitzkissen vorbei zur Küche hinauf, wo vor langer Zeit mal der Altar war. Jetzt steht da unser Küchentisch. Ein Paket liegt darauf. Als ich es berühre, stelle ich mit klopfendem Herzen fest, dass es eher eine Art Kiste aus dünnem Holz ist. So ein Paket habe ich noch nie gesehen, aber vielleicht ist das auf dem Land so üblich? Die Kiste sieht aus, als hätte man sie eine ganze Weile auf dem Postamt verstauben lassen. Auch die Aufschrift ist schon ganz verblasst.

Ich wische den Staub ab, kann aber nur ein paar Buchstaben entziffern:

**A F KEI EN ALL FFN N!**

Keine Ahnung, was das heißen soll.

Ich zucke mit den Schultern und hole eine Zange, um die rostigen Nägel aus dem Holz zu ziehen. Jemand sollte diesen Landeiern unbedingt mal erklären, was moderner Pappkarton und Klebeband sind!

Doch als ich den letzten Nagel entfernt habe und die Kiste öffne, pufft eine schwarze Rußwolke heraus.

**»O neeeiiiiiiiiiin!«**

Mit einem Aufschrei wedle ich die Wolke beiseite. Papa, der mich von draußen gehört haben muss, kommt mit besorgtem Gesicht in die Kirche gerannt. Seine Schürze weht ihm wie ein Superheldenumhang hinterher. »Was ist passiert, Fledermaus?!«

Die Rußwolke verzieht sich und hinterlässt eine dünne Staubschicht auf dem Küchentisch. Hastig greife ich in die Kiste, um meine Klamotten zu retten. Doch alles, was ich hervorziehe, ist eine schwarze Plastikhülle. »Was ist DAS denn?«

Als Papa die Hülle sieht, fängt er an zu lachen. »Wegen dir komme ich mir manchmal ganz schön alt vor! Das ist eine DVD. So haben wir früher Filme geguckt.«

»Ich weiß, was eine DVD ist!«, protestiere ich. »Im Museum hab ich schon mal eine gesehen.«

Papa verschluckt sich an seinem Lachen und muss fürchterlich husten. »Im Museum«, keucht er. »Ich sollte dringend mehr Sport machen …«

Ich werfe die DVD auf den Küchentisch und taste verzweifelt in der Kiste herum. »Meine lochfreien Hosen!«, jammere ich. »Meine bügelfreien Polohemden! Meine alles bedeckenden Pullis in langweiligen Farben! Wo seid ihr nur? Was ist mit euch passiert?«

Papa seufzt und schüttelt nachsichtig den Kopf. »Fledermaus, du bist zu ungeduldig. Bevor du wie eine Verrückte fortgestürmt bist, wollte ich dir gerade sagen, dass dein Paket vor dem Küchenfenster steht. Diese alte Kiste hier hab ich in den Katakomben gefunden.«

Mein Herz macht einen Hüpfer. Tatsächlich liegt da vor dem Fenster noch ein anderes Päckchen! Eines aus Pappkarton mit Klebeband und meinem Namen drauf! Ich renne hin und drücke es wie ein lang vermisstes Baby an meine Brust.

Endlich! Ab morgen wird keiner mehr über mein Outfit lachen! Ich kann es kaum erwarten, die neuen Sachen anzuprobieren. Meine Hände kribbeln schon vor Aufregung. Meine Oberarme krabbeln. Selbst an meinem Hals kitzelt es, als mir die Vorfreude unter den Hemdkragen kriecht, über den Rücken hinunterläuft und – He! Moment mal!

Ich halte das Paket von mir weg.

Das ist keine Vorfreude, die da kribbelt.

»DAS SIND AMEISEN!«

Ich führe einen wilden Tanz durch die Küche auf, bis Papa mir mit einem Geschirrtuch zu Hilfe eilt und die Krabbelviecher von mir wischt. Als er das Fenster öffnet, um das Tuch auszuschütteln, fällt mir ein Loch in der Scheibe auf. Eine ganze Ameisenstraße krabbelt durch die Öffnung herein. Ach was, eine Ameisen*autobahn.*

»Oje«, stöhnt Papa. »Genau da habe ich heute Morgen deine Schokokekse auskühlen lassen. Wahrscheinlich hat sie das angelockt.«

Na, DAS erklärt einiges!

Papa ist morgens immer so verschlafen, dass er bestimmt nicht gemerkt hat, was da heimlich in meine Brotdose gekrochen ist. Erleichtert sacke ich auf einen Küchenstuhl. »Und da hätte ich doch beinahe schon an einen Fluch geglaubt!«

Papa geht rüber zum Backofen und wirft mir einen amüsierten Blick zu. »Fluch?«

Ich schlinge meine Arme um das Paket und stütze mein Kinn darauf ab. Etwas widerwillig murmle ich: »In der Schule sagen alle, das Teufelshorn wäre verflucht.«

»Das wäre echt cool!« Papa zieht sich Backofenhandschuhe an und reibt sich vergnügt die Hände. »Vielleicht sollten wir Nachtsichtkameras mit Selbstauslöser auf dem Friedhof verstecken? Wer weiß, was uns da alles vor der Linse herumgeistert!«

»Papa!«

Er lacht. »Keine Angst, Fledermaus. In so kleinen Orten wie Bad Reinemach ist abends nicht viel los. Da erfinden die Leute eben gerne Gruselgeschichten. Auf unserem Friedhof rasseln nachts höchstens die Eichhörnchen.«

Papa dreht den Backofen ab und holt ein Blech heraus. Mit breitem Grinsen hält er mir duftende Kekse unter die Nase. *»Andererseits«*, fügt er mit gruselig verstellter Stimme hinzu, *»sehen meine neuesten Kreationen tatsächlich ein wenig VERFLUUUUCHT aus!«*

Vor Schreck lasse ich beinahe das Paket fallen.

»ABER DIE SIND JA VERSCHIMMELT!«, rufe ich entsetzt.

Papa wirft den Kopf in den Nacken und lacht an die Decke. »Ist nur Lebensmittelfarbe und etwas Malkunst! Ein paar Einmachgläser in den Katakomben haben mich dazu inspiriert. Ich nenne sie gammelige Orakelkekse. Findest du, die Schimmelpilze sehen echt aus?«

»O ja, mir wird schon fast schlecht«, keuche ich.

»Ach was, das sagst du doch nur!« Papas Wangen werden rot, und er winkt verlegen ab. »In den Keksen steckt noch eine Überraschung. Brich mal einen auf. Er sagt dir die Zukunft voraus.«

Papa ist bekannt für seine ungewöhnlichen Backkunstwerke. Natürlich zaubert er auch schneeweiße Hochzeitstorten und konfettibunte Cupcakes auf Bestellung, aber am liebsten backt er gruselige kleine Köstlichkeiten. Etwas widerstrebend nehme ich einen grün gepunkteten Keks vom Blech und knabbere vorsichtig am Rand. Sofort breitet sich der Geschmack von gerösteten Nüssen und frischem Traubensaft auf meiner Zunge aus. »Hmmm! Voll lecker!«

»Pass auf, sonst isst du deinen Orakelspruch mit! In der Mitte ist ein kleines Zettelchen. Ich bin schon gespannt, welchen du gezogen hast.«

Tatsächlich steckt da etwas zwischen den aufgemalten Schimmelpunkten. Vorsichtig ziehe ich ein kleines Stück Papier aus dem Teig und rolle es auseinander. Unter ein paar Kekskrümeln steht in schwungvoller Handschrift:

Du wirst einen neuen Freund finden.
Und zwar viel schneller, als du denkst!

Ich weiß natürlich, dass Papa alle Orakelsprüche selber geschrieben hat. Das ist seine Art, mir Mut zu machen. Trotzdem, oder vielleicht auch gerade deswegen, bildet sich ein Kloß in meinem Hals. Für ein paar Sekunden verschwimmen sogar die Buchstaben vor meinen Augen.

Papa wuschelt mir durch die Haare. »Wer weiß? Vielleicht freundest du dich heute Nacht mit einem rasselnden Eichhörnchen an?«

Ich muss lachen und wische mir eine Träne von der Wange.

Papa stellt das Backblech auf den Herd, greift nach der staubigen DVD und dreht sie vor seinem Gesicht hin und her. »Wieso versteckt jemand eine DVD in einer zugenagelten Kiste in den finsteren Katakomben einer alten Kirche?«, murmelt er. Dann blickt er mich mit leuchtenden Augen an. »Weißt du was? Lass es uns rausfinden!«

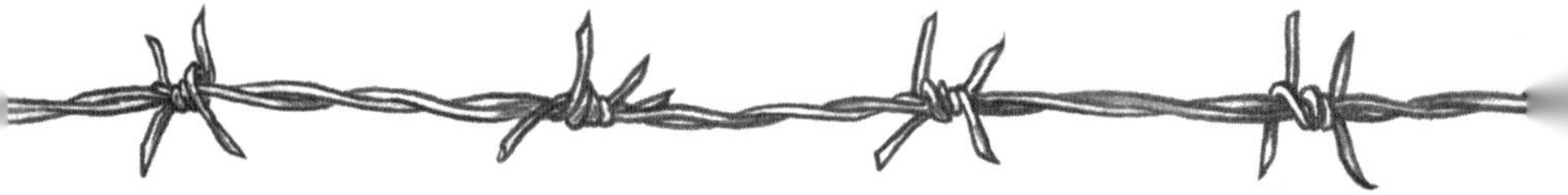

6 X 8 =

Okay, ich muss dich warnen!
Ab jetzt wird es gruselig! Windelträger und Angsthasen lesen besser nicht weiter.
Nur die Allermutigsten dürfen diese Grenze überblättern!

Guuut! Du bist also mutig!
Wärst du auch noch mutig, wenn du dir einen unheimlichen Film anguckst?
Und wenn du plötzlich feststellen würdest, dass dieser Film ausgerechnet BEI DIR ZUHAUSE spielt?

# »Das ist SOOOO spannend!«,

freut sich Papa neben mir. »Schon als kleiner Junge hab ich davon geträumt, verborgene Schätze zu finden und alte Geheimnisse zu lüften!«

Wir haben es uns auf den Sitzkissen im Kirchenschiff gemütlich gemacht. Auf Papas Schoß wackelt sein alter Laptop, der noch DVDs abspielen kann. Die bunten Kirchenfenster werfen gespenstische Lichter über den Bildschirm. Ein angenehmer Schauer läuft mir über den Rücken. Einerseits gruselt mich diese schwarze DVD etwas. Andererseits gibt es absolut nichts, wovor ich mich fürchte, solange ich mich an Papa kuscheln kann.

»Also gut! Finden wir heraus, was dadrauf ist.« Papa nimmt die DVD und schiebt sie in den Laptop. »Mach kurz die Augen zu, Fledermaus. Ich will erst mal nachsehen.«

»Meinst du, da ist ein Film für Erwachsene drauf?«

Papa zuckt mit den Schultern. »Die Hülle ist nicht beschriftet. Vielleicht hat jemand nur seine Büroweihnachtsfeier gefilmt.«

»Wieso sollte jemand eine Büroweihnachtsfeier so gut verstecken?«

Papa grinst. »Das kann nur jemand fragen, der noch nie auf einer Weihnachtsfeier war … Und jetzt Augen zu!«

Ich ziehe mir unsere Kuscheldecke bis über den Kopf.

Plötzlich ertönt der geisterhafte Ruf einer Eule. Das ist nicht ungewöhnlich, wenn man auf einer Lichtung mitten im Wald wohnt. Aber es hört sich nicht so an, als käme das Geräusch von draußen. Sondern aus dem Laptop.

»Kann ich schauen?«

»Warte noch.«

Äste knacken in den Lautsprechern. Jemand atmet schwer. Das Kichern einer Frau ist zu hören.

»Darf ich jetzt?«, dränge ich.

Papa murmelt in einem verwunderten Tonfall: »Dieser Wald kommt mir bekannt vor …«

*»Papa!«*

»Ja, ja, schon gut. Du darfst hinsehen. Vorerst.«

Ich reiße mir die Decke vom Kopf und puste mir eine lila Haarsträhne von der Nase. Das Video wackelt ziemlich. Jemand hat den Film aufgenommen, während er durch einen finsteren Wald stapft. Nur etwas Mondlicht schimmert durch die Äste …

*Plötzlich beugt sich ein blondes Mädchen ins Bild. Sie ist auffallend hübsch. Ihr Lächeln strahlt selbst in der Dunkelheit. »Warum guckst du so besorgt?«, fragt sie in die Kamera. »Glaubst du etwa an Gruselgeschichten?«*

*Das unsichere Lachen eines Jungen ist zu hören. Das Bild wackelt dabei noch mehr. »S-sicher nicht!«, antwortet er stockend. »Aber sag mal, da oben wohnt … ähm … wirklich keiner mehr?«*

*»Das Haus ist vor Jahren abgebrannt. Nur noch die alte Kirche steht. Da gibt es bloß Staub, Ratten und –« Das Mädchen hält sich ihre Taschenlampe unters Gesicht. »– GEISTERRR!«*

*»Ach, hör doch auf!«*

*Hinter den Bäumen wird es plötzlich heller. Die beiden nähern sich einer Lichtung im Wald. Der schwarze Umriss eines hohen Gebäudes zeichnet sich vor ihnen ab.*

»Ist das etwa unsere *Kirche*?«, stoße ich überrascht aus.

Das Gebäude im Film sieht haargenau so aus! Das Mondlicht schimmert in Brennnesseln und verschlungenen Brombeerranken, die an den Steinmauern emporwuchern. Einige der Fenster sind zerbrochen, und das große Eichentor hängt schief in den Angeln.

Papa beugt sich vor den Bildschirm. »So muss es hier früher ausgesehen haben …«

*Das Mädchen taucht ihre Finger ins Weihwasserbecken neben dem Eingang und bekreuzigt sich kichernd. »Man weiß ja nie, was drinnen auf uns wartet!«*

*»Du glaubst wohl echt an Gespenster, was?«, knurrt der Junge. »Ich hab jedenfalls keine Angst.«*

*»So siehst du aber nicht aus!« Das Mädchen schnappt sich die Kamera und richtet sie auf einen sehr blassen Jungen. »Schlottern dir schon die Beine? Sträuben sich deine Haare? Spürst du den kalten Atem der Toten in deinem Nacken?«*

*»Vielleicht quasselst du nur so viel, weil du die Hosen voll hast!« Der Junge drängt sich an ihr vorbei und verschwindet in der Dunkelheit.*

*Das Mädchen folgt ihm.*

*Drinnen scheint Mondlicht durch die Kirchenfenster, aber es wirkt nicht bunt und einladend, sondern unheimlich. Grüne und blaue Lichter fallen auf die alten Sitzbänke, die sich Reihe um Reihe aneinanderdrängen, bis vorne zum Altar. Ein großes Holzkreuz an der Wand hängt kopfüber herunter.*

*Plötzlich bleibt der Junge stehen.*
*Ein Schatten kriecht auf ihn zu!*

»PAPA!« Ich kralle mich in seinen Arm. »WAS IST DAS?!«

Papa drückt auf die Pausentaste und lacht mich an. Dabei klingt er wie der Junge aus dem Video. So, als wäre er sich auch nicht ganz sicher, was er von der Sache halten soll. »Das ist … ähm … bestimmt nur ein Tier aus dem Wald.«

»Aber es sieht groß aus! Wie ein – ein – ein GEIST!«

Papa schmunzelt. »Bist du nicht etwas zu alt, um noch an Geister zu glauben? Was würde wohl Mama dazu sagen? Hm?«

Ich beiße mir auf die Unterlippe. »Sie würde sagen, es gibt für alles eine logische Erklärung«, murmle ich widerwillig. »Und wenn man keine findet, hat man nicht richtig danach gesucht.«

»So ist es«, sagt Papa. »Willst du den Beweis sehen?«

Ich hole tief Luft und nicke.

Er drückt auf Start.

*Der Schatten springt nach vorne ins Mondlicht.*
*Es ist ein Teufel mit geschwungenen Hörnern,*
*der seine Klauen hochreißt und brüllt:*

*»DU HAST DEINEN MATHETEST VERMASSELT!«*

*Der Junge schreit und fällt auf den Hintern. Schallendes Gelächter folgt.*

*Als der Teufel seine Maske vom Kopf zieht, kommt darunter ein ganz normales Mädchen zum Vorschein. »Ich glaub's nicht!«, lacht sie. »Du bist voll drauf reingefallen!«*

*Der Junge wischt sich verärgert den Staub von der Hose. »Das war überhaupt nicht witzig!«*

Papa kichert. »Da hast du deinen Geist! Die Jugendlichen haben sich nur einen Spaß erlaubt. So etwas wie Teufel gibt es nicht.«

Er scheint recht zu haben. Jetzt sind da nur noch drei gewöhnliche Leute, die in einer verlassenen Kirche herumstöbern. Gruselig wird es erst wieder, als das blonde Mädchen und der blasse Junge anfangen zu knutschen.

Ich verziehe das Gesicht. *»Wäh. Voll ekelig.«*

»Hmmmmm?«, brummt Papa neben mir. Sein Kinn ist auf die Brust gesunken, und seine Augen sind zugefallen. Er kann stundenlang neue Rezepte ausprobieren, doch sobald er sich irgendwo hinsetzt, schläft er ein. Ich schlüpfe unter seinem Arm hindurch, nehme den Laptop von seinem Schoß und decke ihn mit der Kuscheldecke zu.

Diese DVD war ja ein ordentlicher Reinfall! Besser, ich hätte die Zeit dazu genutzt, um meine neuen Klamotten anzuprobieren. Ich will den Laptop gerade zuklappen, als jemand im Film aufschreit.

*Die Jugendlichen blicken mit erschrockenen Gesichtern zum Deckengewölbe hoch.*

*»Habt ihr das gehört?«, zischt das blonde Mädchen. »Das klang wie Gelächter! Von oben aus dem Glockenturm!«*

Gelächter? Aus dem Glockenturm?
A-a-aber da oben ist jetzt mein Zimmer!

*»B-bestimmt nur ein Vogel«, stottert der Junge. »O-Oder der W-Wind?«*

*»Ich schau nach!« Langsam nähert sich die Kamera der Treppe, die nach oben in den Turm führt. Die Stufen sind schwarz verbrannt. Für einen Moment wird alles dunkel, weil es im Treppenhaus keine Fenster gibt. Dann erscheint das erste Stockwerk, das genau unter der alten Glocke liegt.*

*Ich erkenne meine eigene Tür. Eine Hand streckt sich nach vorne und stößt sie knarrend auf. Dahinter liegt normalerweise mein Zimmer, nur sieht es im Film ganz anders aus.*

*Alle Wände sind aus grobem Stein, genauso*

7 X 8 =

*schwarz wie die Außenseite der Kirche. Statt einem Fenster klafft bloß ein Loch in der Mauer. Mondlicht fällt auf den verrußten Fußboden, und etwas Rötliches funkelt durch den Schmutz.*

*»Was ist das?«, flüstert der Junge von hinten.*

*Eine Hand wischt den Ruß vorsichtig herunter. Darunter kommen glühende Buchstaben zum Vorschein:*

**MENE MENE TEKEL UPHARSIN**

*»Was bedeutet das?«, wispert das Mädchen. »Mene mene tekel upharsin?«*

*Plötzlich fangen die Buchstaben Feuer.*

*Tiefes Gelächter donnert durchs Turmgewölbe.*

**»DU HÄTTEST DEN BANNSPRUCH NICHT AUF ENTWEIHTEM BODEN AUSSPRECHEN SOLLEN!«**

*Jemand schreit auf. Dann fliehen alle drei durch das Treppenhaus nach unten. Von hinten folgt ihnen flammenrotes Licht, das über die Wände flackert.*

114 - 57 =

*Kurz bevor sie den Ausgang erreichen, stürzt die Kamera zu Boden. Das Bild erschüttert und stellt sich auf einen umgefallenen Kerzenständer scharf. Von irgendwoher hört man schrille Rufe. »Was bist du?! Lass mich in Ruhe!«*

**»DU KANNST MIR NICHTS BEFEHLEN! SOLANGE DU NICHT MEINEN WAHREN NAMEN KENNST!«**

Und dann endet das Video. Einfach so. Der Bildschirm wird schwarz.

Mit pochendem Herzen klappe ich den Laptop zu.

Die Kirche wirkt plötzlich unheimlich leise. Am liebsten würde ich unter Papas Kuscheldecke kriechen. Aber dann fallen mir die neuen Klamotten ein, die ich unbedingt noch anprobieren sollte. Zögernd wandert mein Blick hinauf zur Küche. Hinter dem Esstisch liegt der Treppenaufgang zum Turm. Er klafft wie ein schwarzes Loch in der Mauer.

Ich schlucke geräuschvoll. »Es gibt für alles eine logische Erklärung. Und das gilt auch für diese blöde DVD. Bestimmt war das nur …«

Da ist irgendwas!

Da unter dem Küchentisch!

Da hat sich was bewegt!

KLIRRRR!

SCHPP! SCHPP! SCHPP!

Ich rüttle an Papas Schulter. »Wach auf! In der Küche hat was gescheppert!«

Papa zieht nur die Augenbrauen hoch, aber seine Augen bleiben fest geschlossen. »Ja-gleisch-soford«, nuschelt er. »Nur-noch-ne-Minude …« Doch statt aufzustehen, dreht er sich einfach zur Seite und schläft weiter.

Dann höre ich ein neues Geräusch:

… rrrrrrrrrrrrrrr rrrrrrrrrrrrrrr rrrrrrrrrrrrrrr …

Was ist das jetzt?! Was brummt da so komisch?!

Ohne Zweifel kommt es aus der Küche. Der Mond scheint durch die Fenster, doch nur die Umrisse der Möbel sind im Licht zu erkennen. Auf dem Tisch zeichnen sich zwei Rechtecke ab – die unheimliche Kiste aus den Katakomben und mein Paket.

Mir bleibt nichts anderes übrig: Wenn ich morgen nicht wieder in löchrigen Hosen in der Schule auftauchen will, muss ich das Paket holen. Mit zitternden Händen klappe ich den Laptop zu und halte ihn wie einen Schutzschild vor mich.

Was, wenn dieses Ding aus dem Video immer noch hier ist? Wenn es sich die ganze Zeit über in den Katakomben versteckt hatte? Und am allerschlimmsten: Was, wenn es sich nicht mit einem Laptop abwehren lässt?!

Mein Herz klopft wie verrückt, als ich die Stufen zur Küche hochsteige und auf den Lichtschalter an der Wand drücke. Plötzlich wird es hell. Etwas Schwarzes springt aus der Kiste am Tisch, hüpft mit hoch erhobenem Schwanz auf mich zu und – miaut.

*»Frau Satansbraten«*, stöhne ich erleichtert.

Es war nur unsere Katze!

Schnurrend hüpft sie vom Tisch und streicht um ihre Futterschalen am Fußboden, die laut aneinanderscheppern. Das erklärt also das Geräusch! Mit einem Mal komme ich mir ganz schön dumm vor. Seufzend lege ich den Laptop weg und hole etwas Katzenfutter aus dem Kühlschrank. Im hellen Licht wirkt alles wieder normal, selbst die schmutzige Kiste ist nicht mehr gruselig.

Ich streichle Frau Satansbraten, hole mein Paket vom Küchentisch und trage es die Wendeltreppe hinauf in den Turm. Erst oben vor meinem Zimmer beschleicht mich wieder ein unsicheres Gefühl. Einen Moment lang bleibe ich vor der Tür stehen, dann halte ich den Atem an und gehe hinein.

Drinnen ist alles so wie immer. Die dunklen Steinmauern aus dem Film sind unter einer neuen Täfelung verschwunden, die Papa und ich hellgrün angemalt haben. In der Wand ist jetzt ein richtiges Fenster, und ein dicker Teppich liegt unter meinen Füßen. Ein ganz normales Zimmer eben.

»Diese blöde DVD!« Ich stelle das Paket auf den Boden und muss über mich selbst lachen. »Wovor hatte ich eigentlich Angst? Vor einer Phantasiesprache, die Feuermonster herbeiruft? Ich glaub doch nicht mehr an Kinderreime! ENE MENE Muh! MENE MENE TEKEL irgendwas! MENE MENE TEKEL UPHARSIN!«

Plötzlich geht mein Paket in Flammen auf.

*PS: Blätter ruhig um, wenn du dich traust!*

Ein brennendes Paket macht dir keine Angst?! Wie wär's damit: Stell dir vor, du stehst vor einem brennenden Paket und die alte Kirchturmglocke über dir beginnt plötzlich zu läuten!

**BONG! BONG! BONG! BONG!**
**BONG! BONG!**

Mein Paket brennt! Meine Klamotten verkokeln!

Ich renne ins Treppenhaus, reiße den Feuerlöscher von der Wand, stürze zurück in mein Zimmer und spritze weißen Löschschaum auf die Flammen. Die kümmerlichen Überreste des Pappkartons werden unter einem hohen Schaumberg begraben. Plötzlich spucken ein paar Seifenblasen oben heraus.

**»Was soll das?!**
**Die hat mich fast gelöscht!«**

Ich erstarre.

Der Schaumberg bewegt sich! Zwei Arme schießen heraus, zwei Beine und ein schmutziges Gesicht. So etwas wie

Flammen lodern von seinem Kopf auf. Nur sind sie nicht feuerrot, sondern blau und grün.

»Du hast meine Frisur ruiniert!«, beschwert sich das Wesen im Schaum. Es hat die Stimme eines Jungen. Seine Augen sind zitronengelb und haben einen Schlitz in der Mitte, wie die Katzenaugen von Frau Satansbraten. »Was stehst du da so blöd rum und glotzt mich an? Wie wär's mit einer Entschuldigung?!«

»E-e-e–«, stottere ich.

»Ha-ha-hast du einen Sprachfehler?«, äfft mich der Junge nach. Mit vor Ekel verzogenem Gesicht wischt er sich Seifenblasen von den Armen und hüpft auf mein Bett, um den Schaum von seinen Füßen zu schütteln.

Dabei muss er den Holzbalken an der Decke übersehen haben, denn sein Kopf stößt krachend dagegen.

**»Aua!«,**

126 : 2 =

brüllt er zornig auf. »Wieso ist das so niedrig hier?! Ist das überhaupt erlaubt?! Wo ist das Bauamt, wenn man es braucht?!«

»Ähem«, räuspert sich jemand hinter mir.

Ich wirble herum.

Eine fremde Frau steht vor meinem Kleiderschrank!

Erschrocken stelle ich fest, dass auch ihre Haare brennen – und zwar leuchtend pink. Zwei geschwungene Hörner ragen aus ihren Flammenlocken empor. Sie trägt einen kohlrabenschwarzen Anzug und macht sich Notizen. Ihr Stift ist ein langer, dünner Knochen. Und ihr Notizblock der nackte Rücken einer tief gebückten, blassen Gestalt.

Während sie schreibt, murmelt die Frau vor sich hin. »Der Prüfling weiß nicht … dass sich das Bauamt … in der Hölle befindet … gleich hinter dem Finanzamt. Fünf Punkte Abzug.«

»Hey, das gilt nicht!« Der Junge springt von meinem Bett, hinterlässt zwei schwarze Fußabdrücke auf der Decke und fuchtelt mit seinen schmutzigen Armen. Er trägt ein verkokeltes Shirt und kurze Hosen, die in Fransen über seine Knie herunterhängen. »Ich hab mit mir selbst geredet!«

Ungerührt macht sich die Frau noch mehr Notizen. »Der Prüfling verliert wertvolle Zeit … in der das Opfer entkommen könnte. Zehn Punkte Abzug.«

D-d-das *Opfer*?!

Und wieso sehen die plötzlich *mich* an?!

Bevor ich reagieren kann, springt der Junge vor die Tür und schneidet mir den Fluchtweg ab. Seine Flammenhaare lodern noch höher hinauf. Aus seinem grinsenden Mund blitzt ein spitzer Eckzahn hervor.

**»HA! HA! HA!«**

»Einsilbige Einschüchterungstaktik«, notiert sich die Frau. »Zwei Punkte Abzug.«

**»WAS?!«**

Der Junge wird blass. Er hebt seine Hände und droht mir mit krallenartigen schwarzen Fingernägeln. »Ich … äh, wie war das noch mal? Ähhh …

**ICH SAUGE DIR DIE SEELE AUS!«**

»Seele aussaugen!« Die Frau gackert verächtlich. »Der Prüfling hat keine Ahnung … von moderner Seelenentnahme. Hunderttausend Punkte Abzug.«

Der Junge brüllt auf. »Das gilt nicht! Das war nur eine Redewendung! Ich habe alle Techniken der Seelenentnahme gelernt! Da wären …. ähm ….« Er zählt die einzelnen Punkte an seinen rußigen Fingern ab. »Aktien … Kreditkarten … Mathehausaufgaben …«

»Kritisiert die Prüferin … während seiner Dämonenprüfung«, antwortet die Frau, ohne von ihren Notizen aufzublicken. »So viel Abzug … dass er seinen Abschluss … so gut wie vergessen kann. Hat nur noch einen halben Punkt übrig.«

Dem Jungen gehen fast die Haare aus.

Aber was meinte die Frau mit *Dämonenprüfung*?

»D-D-Dämon?«, bringe ich gerade noch heraus. »Was ist das? Eine Abkürzung für d-dämliches M-monster?« (Kleiner Tipp: Nenne einen Dämon niemals dämliches Monster. Das macht ihn rasend vor Wut.)

Der Dämon springt mit seinen schwarzen Krallen auf mich zu. Zum Glück halte ich immer noch den Feuerlöscher in der Hand. Ohne nachzudenken, werfe ich ihn auf den Jungen. Genauer gesagt, auf sein Bein. Es knackt sogar ein bisschen.

**»AUA!**

**SO EIN HÖLLENMISTHAUFEN!«**

Er zieht sein Bein hoch und hüpft im Zimmer herum. »Das war meine Kniescheibe! **Ich werde mit total alten Leuten im Krankenhaus liegen müssen!«**

»Da ist nur noch ein Viertel Pünktchen übrig«, warnt ihn seine Prüferin. »Wenn du in sechzig Sekunden keine Seele gestohlen hast, ist es aus und vorbei!«

Im selben Moment stolpert der Junge über den Feuerlöscher am Boden. Mit einem Aufschrei zieht er auch noch seinen anderen Fuß hoch und *schwebt* einfach in der Luft, als wäre er ein Luftballon. »Das werde ich dir heimzahlen!«, heult er. »Ich brate mir deine Seele zum Nachtisch!«

»D-d-das kannst du nicht!«, rufe ich erschrocken.

»Ach ja? Und warum nicht?!«

Plötzlich fällt mir ein, was das Monster im Video gebrüllt hatte. Ganz am Schluss hatte es gesagt, dass die Jugendlichen ihm nichts befehlen können, weil … O Mann, wie war das noch gleich? Weil sie nicht … weil sie seinen Namen …. Genau!

»Ich kenne deinen wahren Namen!«, rufe ich panisch.

Der Dämon erstarrt.

Seine gelben Augen werden riesengroß.

»Das – das tust du nicht! Die – die blufft nur!« Er wirft einen raschen Blick zu seiner Prüferin, die mich zum ersten Mal interessiert ansieht, so als wäre ich tatsächlich ein lebendiges Mädchen und nicht nur irgendeine Prüfungsaufgabe. Ihre violetten Katzenaugen schillern vergnügt.

Das muss es sein!

Sein Name kann mich retten!

»Feuerhaar!«, rate ich wild drauflos. »Dreckpfote! Rußpartikel! Zahnspangenverkäufer!«

Ein schiefes Lächeln breitet sich auf dem Mund des Dämons aus, das einen Eckzahn entblößt. »Klingt so, als würdest du nur raten?«

»Reißzahn?!«, quieke ich. »Seifenboykottierer?!«

Der Dämon stellt seine Füße nacheinander zurück auf den Boden. Seine Zehennägel sind genauso lang und schwarz wie seine Fingernägel. Obwohl er langsam auf mich zukommt, kann ich bloß auf seine Füße starren. Selbst als er seine Krallenhände auf meine Schultern legt und sich so nah zu mir beugt, dass ich seinen rauchigen Atem rieche, rühre ich mich nicht von der Stelle. Ich sehe nur noch seine schwarzen Zehen. Wie zehn kleine Hufe sehen sie aus.

»Pferdefuß«, wispere ich.

**»WAS?!«**

Der Dämon lässt mich los und stolpert rückwärts gegen meine Zimmertür. Für einen kurzen Moment gehen ihm die Flammenhaare aus. Nur seine Haarwurzeln glühen noch dunkelblau.

Neben ihm fängt die Prüferin lauthals an zu lachen. Sie steckt sich den Knochenstift ins pinke Feuerhaar und befiehlt der gebückten Gestalt, alle Notizen bis morgen von seinem Rücken abzutippen. Und zwar ohne dafür einen Spiegel zu benutzen. »So eine jämmerliche Vorstellung habe ich noch nie gesehen!«, ruft sie belustigt. »Null Punkte. Mindestens. Ich werde beantragen, dass sie speziell für dich Minuspunkte einführen.«

Der Dämonenjunge fällt auf die Knie, rutscht flehend vor seine Prüferin und krallt seine schmutzigen Finger in ihre Anzughose. »Bitte, Oberdämonin Würgbrecht! Ich hatte ihre Seele schon fast auf der Zunge! Nur noch ein Versuch!«

Sie lächelt und entblößt eine Reihe sehr spitzer Zähne. »Unsere Erzteufel und Höllenprinzen werden das bestimmt verstehen und dir eine zweite Chance geben.«

Der Junge blickt hoffnungsvoll auf. »Ehrlich?«

**»NATÜRLICH NICHT!«**

Sie lacht schallend.

**»SONST WÄRE DAS NICHT DIE HÖLLE!
DU BIST SO WAS VON AM XXXXX!«**

»Ich kann nie mehr auf die Dämonenakademie?«, wimmert der Junge. »Keine Aufsätze mehr über seelenlose Politiker? Keine Ausflüge in Schlachthäuser? Keine neuen Rechtschreibreformen?«

Die Prüferin schüttelt den Kopf und stößt seine Hände weg. »Da kann man nichts mehr machen. Für dich ist es aus und vorbei. Das Mädchen hat deinen wahren Namen erraten. Urian Pferdefuß, du bist offiziell durch deine Dämonenprüfung gerasselt

**UND AUS DER HÖLLE VERBANNT!«**

Plötzlich gibt es einen lauten Knall. Eine Rauchwolke erfüllt das Zimmer, die mich heftig husten lässt. Mit tränenden Augen laufe ich zum Fenster, reiße es auf und wedle den Qualm hinaus. Als ich wieder was erkennen kann, ist die Prüferin samt ihrem lebendigen Notizblock verschwunden.

Der Dämonenjunge ist allerdings noch da. Mit weit aufgerissenen Katzenaugen starrt er auf die Stelle, an der sich

74 - 5 =

die Prüferin in Luft aufgelöst hat. Seine Flammenhaare stehen wie versteinert hoch in die Luft.

Ich räuspere mich etwas verlegen. »Ähm, könntest du dich bitte auch in Rauch auflösen?«

»Ich fasse es nicht«, krächzt der Dämon, so als hätte er mich gar nicht gehört. »Wenn das die anderen erfahren, reden die nie wieder ein Wort mit mir. Und das Date mit Helga der Pickeligen kann ich auch vergessen. Wie konnte mich nur ein zwölfjähriger Menschenjunge bannen?«

»Ich bin ein Mädchen«, stelle ich klar.

Der Dämon schlägt sich die Hände vors Gesicht.

»Und ich bin erst elf«, füge ich hinzu.

Er fängt an zu heulen. Grüne Tränen, so groß wie Weintrauben, fallen von seinen schmutzigen Wangen und landen auf dem Teppich. Seine Schultern beben unter den Schluchzern.

Vorsichtig trete ich einen Schritt näher. »Äh … Das ist doch nicht so schlimm?«, versuche ich ihn zu trösten. »Einen Moment lang hatte ich richtig Angst vor dir.«

»Echt?«, wimmert der Dämon.

»Deine Flammenhaare sehen wirklich zum Fürchten aus.«

Er putzt sich die laufende Nase an seinem Arm ab. »Meinst du das auch ehrlich?«

»Äh … Ja?«

Schniefend zieht er eine grünblau schimmernde Flammensträhne herunter und betrachtet sie nachdenklich. »Die Farben sehen schon verdammt gut aus. Das kommt vom vielen Kupfer, das ich in meine gerösteten Frühstückskäfer tue.«

Geröstete *Frühstückskäfer*?!

Das kann doch nur ein Traum sein!

Aber ja! Das ist es! Ich muss neben Papa auf den Sitzkissen eingeschlafen sein! Das ist die einzige Erklärung, die Sinn ergibt. Mein brennendes Paket, dieser merkwürdige Junge und die schaurige Dämonenprüferin sind nur ein Albtraum, ausgelöst von dieser dummen DVD. Je früher ich aufwache, desto eher ist alles wieder normal. Am besten lege ich mich sofort hin!

Ich gehe zum Bett und tue so, als müsste ich ausgiebig gähnen. Ohne mich noch einmal umzudrehen, krieche ich unter die Decke und ziehe sie mir bis über den Kopf. In der Dunkelheit lausche ich auf Geräusche.

Eine Weile ist alles still. Dann kratzt und scharrt etwas über die Holzdielen unter meiner Matratze. *Bestimmt nur eine Maus*, denke ich mit wild pochendem Herzen. Was sollte es sonst sein? Ein Dämonenjunge, der aus der Hölle verbannt wurde und unter meinem Bett einzieht? Wer glaubt schon an so was!

Morgen ist alles wieder dämonenfrei.

Ganz sicher.

Hundertpro.

Oder wie man in Spanien sagt: Hunderto Prozento!

Hier hört meine Geschichte leider auf.
Immerhin hatte ich den Dämon nur geträumt.
Was gibt es da noch zu erzählen?
Jetzt sagst du sicher: »Häääää? Da sind doch noch ganz viele Seiten übrig???«

Ich sehe schon, ich kann dir nichts vormachen.
Von wegen Albtraum und so!
Der wahre Albtraum fing leider erst an,
als ich am nächsten Morgen aufwachte
und mit Schrecken feststellte, dass ich
vergessen hatte, meinen Wecker zu stellen …

# DAS DARF DOCH NICHT WAHR SEIN!

»Ich komme zu spät zur Schule!« Hektisch springe ich aus dem Bett und renne die Treppe nach unten, bevor ich meine Augen überhaupt richtig aufkriege. Noch mal kann ich es mir nicht leisten, bei Frau Powischer negativ aufzufallen. Sonst sperrt sie mich für den Rest des Jahres im Schulkeller ein!

Papa sitzt am Küchentisch und schaufelt Frühstücksflocken in sich hinein. So früh am Morgen erinnert er an eine verpennte Fledermaus. Seine lila Haare stehen ihm schief vom Kopf ab und sein Kinn ist noch kratziger als gestern.

»Morsche-Schlafmüdse«, nuschelt er in seinen Löffel.

Was übersetzt so viel heißt wie: *Guten Morgen, Schlafmütze.*

»In einer halben Stunde klingelt es zum Unterricht!« Hastig schnappe ich meine Müslipackung und hole eine Schale aus dem Schrank. »Ich hab noch fünf Minuten fürs Frühstück und fünf Minuten fürs Anziehen! Und das nur, wenn ich über den Friedhof renne, den Hügel hinunter rase und ABSOLUT NICHTS dazwischenkommt!«

»Hab-so-was-Komisches-gedräumd«, murmelt Papa. »Als-hädde-gestern-Nachd-die-Glogge-geläuded.«

Was hat er gesagt? Er hat was Komisches geträumt? Als hätte gestern Nacht die Glocke geläutet? Ich erstarre. Aber wir können doch nicht beide das *Gleiche* geträumt haben?

»Diese Kekse sind der Hammer!«, bemerkt jemand von hinten. Jemand, der sich ganz und gar nicht nach Papa anhört. Die Stimme klingt rau und kratzig, als käme sie aus einem verrußten Schornstein.

Ich wage es kaum hinzusehen. Wie in Zeitlupe drehe ich mich um und lasse meinen Blick durch die Küche schweifen. Zuerst fällt mir nichts Ungewöhnliches auf. Die Sonne scheint durch die bunten Fenster, Papa blättert in einem Katalog, unser Herd brennt – *HALT!*

Das ist nicht der Herd, der brennt! Da sitzt etwas *auf* dem Herd, das brennt!

Und zwar ein Dämon mit grünblauem Feuerhaar!

Der Dämonenjunge schwebt im Schneidersitz über den Herdplatten und klaut so selbstverständlich Orakelkekse vom Backblech, als würde er das jeden Tag tun. »Sieh nur mal den schönen Schimmel!«, bewundert er einen besonders gammelig verzierten Keks, bevor er ihn in den Mund steckt. »Hmmm! Diese raffinierte Kugelschreibernote schmeckt teuflisch! Aber da ist noch was anderes drin, auf das ich einfach nicht komme.«

»P-P-Papier?«, rate ich. Der Dämon hat den Orakelkeks nämlich nicht aufgebrochen, um vorher das kleine Zettelchen herauszuholen. Kaum habe ich das gesagt, steckt er einen schmutzigen Finger in den Mund und zieht ein halb zerkautes Papierstück heraus. Er glättet es auf seinem verrußten Arm.

*»Du be-kommst stärk-er-en Haar-aus-fall als dei-ne Zahn-bürs-te«*, liest er stockend vor. »Hä? Das kapier ich nicht. Was ist eine Zahnbürste?«

Papa blickt von seinem Katalog hoch. Heute muss er ja besonders verschlafen sein, wenn er nicht mal einen Dämon in seiner Küche bemerkt! Er müsste nur den Kopf zum Herd drehen, um ihn zu entdecken. Doch obwohl der Dämonenjunge keineswegs leise war, schaut Papa bloß mich an. Er sieht überhaupt nicht alarmiert oder erschrocken aus. Im Gegenteil, er lächelt sogar.

»Passen dir deine neue Sachen?«, fragt er mich.

Erst da fällt mir das Paket wieder ein.

In meinem Albtraum gestern ist es –

**»O nein, lass das nicht wahr sein!«**

Überstürzt jage ich in mein Zimmer. Schon im Treppenhaus fällt mir auf, dass der Feuerlöscher nicht mehr an der Wand hängt. Atemlos stürze ich durch die Tür, bete verzweifelt, dass ich wenigstens die Sache mit dem Feuer bloß geträumt habe, und bleibe wie angewurzelt vor meinem Teppich stehen.

Von meinem Paket ist nur noch ein Häufchen feuchter Asche übrig.

Ich falle auf die Knie und ziehe einen verkokelten Wollfaden heraus. War das mein neuer Faltenrock? Meine blickdichte Strumpfhose? Meine schmutzabweisende Weste?

Aber was soll ich denn jetzt bloß anziehen?!

Verzweifelt krabble ich zum Kleiderschrank und wühle durch meine alten Klamotten, die alle an der Bad-Reinemacher-Eliteschule verboten sind. Nur zwei Sachen finde ich, mit denen ich mich vielleicht gerade noch so durchmogeln kann: Eine neongrüne Jeans – verziert mit blitzenden Metallnieten. Und eine orangefarbene Sommerbluse – über und über bestickt mit bunten Pailletten.

»Hauptsache, ich lande nicht wieder im Schulkeller«, würge ich hervor und schlüpfe in die funkelnden Sachen. Einer Strafe kann ich so vielleicht entgehen, aber was werden die anderen Schüler dazu sagen? Schlimmer als ein Dämon aus der Hölle kann es wohl nicht werden …

**O nein, der Dämon!**
**Ich hab Papa**
**mit ihm allein gelassen!**

Ich springe über die Asche am Boden und stürme die Treppe hinunter, noch während ich meine Bluse zuknöpfe. In meiner Vorstellung sehe ich schon, wie Papa kreischend hinter dem Kühlschrank hockt und versucht, den Dämon mit einem Geschirrtuch davonzuwedeln. Doch als ich in der Küche ankomme, scheint auf den ersten Blick alles in Ordnung zu sein.

Papa steht vor der Anrichte und hebt meine verbeulte Brotdose hoch. »Wie ist das passiert?«, fragt er mit hochgezogener Augenbraue. »Ist die gestern auch auf einen Baum geklettert?«

Ich würde ihm gerne antworten.

Doch da entdecke ich den Dämon.

Er hockt mit seinen schwarzen Füßen mitten auf dem Küchentisch und studiert die Zutatenliste auf meiner Müslipackung. »Haferflocken, Walnüsse und Schokolade?«, liest er vor. »Pfui Teufel! Wer isst denn so was?« Seine blaugrünen Flammenhaare kräuseln sich angeekelt. Aber dann entdeckt er etwas, das ihn vor Freude auflachen lässt. »O *guuut*! Die sind seit drei Monaten abgelaufen!«

Er springt vom Tisch, nimmt sich eine Katzenfutterschale vom Fußboden und füllt meine Müsliflocken hinein. Dann schnappt er sich eine Flasche Apfelessig von der Anrichte und beträufelt sein Essen damit. Ein säuerlicher Geruch breitet sich in der Küche aus, aber Papa kratzt sich bloß an der Nase. Selbst als der Dämon aufgeweichte Essigflocken von seinen Fingern schleckt, bemerkt er ihn nicht. Mir steht nur noch der Mund offen. Papa kann den Dämon weder sehen noch hören!

Schmatzend deutet der Dämon auf seine Müslischale. »Willst du auch was abhaben? Die sind echt sauer geworden.«

»Igitt! Bloß das nicht!«

Papa schaut mich überrascht an. Er hält eine Karotte hoch, die er gerade in meine Brotdose legen wollte. »Ich dachte, du magst Karotten?«

»Was? Äh … O ja! Die mag ich!«

Papa zwinkert mir zu. »Ich leg dir noch eine Tüte selbst gemachter Karamellbonbons dazu. Vielleicht kannst du die mit jemandem teilen? Denk nur an deine Prophezeiung von gestern!«

Der Orakelspruch in meinem Keks?

Wie war das noch mal?

19 X 4 =

Du wirst einen neuen Freund finden.
Und zwar viel schneller, als du denkst!

Der Dämon winkt mir mit seinen schwarzen Fingernägeln zu.

Schnell ging es ja wirklich. Aber ein Freund ist er ja nicht gerade!

Zu allem Übel interessiert er sich jetzt auch noch für meine Brotdose. Als Papa eine Tüte Bonbons zwischen die Karotten steckt, wirft der Dämon die Katzenfutterschale einfach auf den Fußboden und deutet auf mein frisch belegtes Pausenbrot. »Müsst ihr so was essen? Das ist echt grausam.«

Da ich nichts sagen kann, ohne Papa zu verwirren, scheuche ich den Dämon mit den Armen weg. Die Ameisen gestern haben mir gereicht. Auf keinen Fall darf Apfelessig – oder etwas Schlimmeres – in meiner Frühstücksdose landen. Sonst reden die anderen Mädchen nie mehr ein Wort mit mir.

»Ist das ein neuer Tanz?«, fragt Papa schmunzelnd.

Rasch nehme ich die Arme runter. »Da … äh … war nur eine Fliege.«

»Wo?«, fragt der Dämon und schaut sich hastig um. »Eine richtig dicke und fette? Meine Oma hat die im Mülleimer selber gezüchtet. Schmecken viel besser als die aus dem Supermarkt.«

»Das ist ja widerlich«, keuche ich.

Papa schüttelt den Kopf über mich, drückt den Deckel auf meine Brotdose und reicht sie mir. Rasch trage ich sie zu meinem Rucksack und stecke sie tief unter meine Bücher, damit der Dämon nicht mehr drankommt.

Offenbar ist Papa immer noch zu müde, um irgendetwas zu bemerken. Gähnend nimmt er seinen Katalog vom Tisch und verkündet, dass er sich ins Badezimmer zurückzieht. Er gibt mir einen Kuss auf die Wange, wünscht mir einen schönen Tag in der Schule und hält beim Hinausgehen die Tür für unsere Katze auf.

Plötzlich dringt ein markerschütternder Schrei durch die Küche.

**»MIAUUUWWW!«**

Ich zucke heftig zusammen. Doch das ist nichts gegen den Dämon, der mit einem lauten *RUMS!* von der Anrichte fällt. Er reibt sich den Hintern und stößt die wildesten Flüche aus, die ich je gehört habe. Bis er Frau Satansbraten entdeckt, die sich gar nicht über den Essig in ihrer Futterschale freut. Für ein paar Sekunden werden seine Feuerhaare zitronengelb vor Schreck. Dann wirft er sich zitternd auf den Fußboden und verbeugt sich mehrmals. »O mein dunkler Fürst! O mein Höllenprinz! Verzeiht mir!«

»Das ist bloß unsere Katze«, sage ich verwirrt.

»Bloß eine Katze?!« Der Dämon reißt seine Augen weit auf. »Jeder weiß, dass Katzen die wahren Herrscher hier oben sind! Serviert sie dir etwa dein Essen? Bürstet sie dir dein Fell? Säubert sie deine Toilette? Nein! Nein! Und

nochmals nein! Katzen regieren die Menschenwelt! Die Menschenwelt, in die ich für immer verbannt wurde …«, fügt er mit heiserer Stimme hinzu.

*»F-für immer?!«*

»Bis zum Ende der Zeit«, krächzt er. »Spätestens, bis die letzte Uhr kaputtgeht.«

»Aber du willst doch nicht etwa hierbleiben? Bei uns?«

Der Dämon schnaubt. »Das hättest du dir vorher überlegen sollen! Bevor du groß meinen Namen herumposaunt hast! Jetzt sind wir auf ewig aneinander gebunden. Es sei denn …«

»Gibt es einen Weg, dich loszuwerden?«, rufe ich hoffnungsvoll.

»Natürlich gibt es den«, erwidert der Dämon mit einem hinterlistigen Grinsen, das seinen spitzen Eckzahn aufblitzen lässt. »Ich muss einfach meine Prüfung bestehen. Wir können das gleich machen, wenn du willst. Du musst mir nur deine Seele geben.«

Na toll! Und so was vor dem Frühstück! Für das ich jetzt keine Zeit mehr habe. Ich sollte längst weg sein, in fünfzehn Minuten klingelt es zum Unterricht. Wer dann nicht auf seinem Platz sitzt, wird ins Büro der Direktorin geschickt. Dämon hin oder her – ich muss sofort los.

»Wir klären das später!« Ich schnappe meinen Rucksack und laufe nach draußen. Doch kurz bevor die Eichentür hinter mir ins Schloss kracht, schlüpft ein Schatten durch den Spalt. Ich stolpere fast über meine Füße, als der Dämon neben mir auf den Steinstufen auftaucht. Er steckt die Hände in seine löchrigen Hosentaschen und läuft mir einfach nach.

»W-was machst du denn da?!«, rufe ich entsetzt.

»Was denkst du wohl?« Seine blaugrünen Flammenhaare flackern aufgeregt. »Ich geh natürlich mit in die Schule!«

Preisfrage: Was ist schlimmer als
mit einer neongrünen Jeans voller Nieten und
einer orangefarbenen Paillettenbluse in die
Bad-Reinemacher-Eliteschule zu müssen?
Lösung: Dabei von einem Dämon verfolgt
zu werden, der in deine Klasse mitkommen will!

# »VOLL GEMÜTLICH HIER!«,

staunt der Dämonenjunge, als wir durch den Wald hinter der Kirche laufen. »Ich wusste gar nicht, dass ihr Menschen so einen guten Geschmack habt.«

»Das ist ein *Friedhof*«, zische ich.

Begeistert kratzt der Dämon an einem alten Grabstein, der mit Moos und Flechten überwachsen ist. Seine gelben Katzenaugen blicken überall umher, als gäbe es an jeder Ecke etwas Besonderes zu entdecken. »Schau mal, es gibt sogar unterirdische Grüfte hier! Wollen wir runtergehen?«

»Die sind alle mit Gittern versiegelt«, knurre ich. »Aber du kannst dich gerne durchquetschen und da unten auf mich warten. Ich komme dann nach. Wenn ich vierzig bin oder so.«

Der Dämon kratzt sich am Kopf. »Wie alt ist vierzig in Höllenjahren?«

Wenn das so weiter geht, komme ich wirklich zu spät!

»Keine Ahnung, wie lange dauert denn ein Höllenjahr?«, seufze ich verzweifelt.

»So lange, wie die Erde braucht, um einmal die Sonne zu umkreisen.«

»Aber das ist genauso lang wie ein Menschenjahr!«

»Interessant«, murmelt der Dämon. »Dann bin ich also auch dreizehn Menschenjahre alt. Dürfen Menschen mit dreizehn schon eingelegte Würmer essen?«

Ich verziehe das Gesicht. »Menschen essen nie eingelegte Würmer.«

Die Flammenhaare des Dämons werden kleiner, so als hätte ein Windstoß ihn fast ausgepustet. Dabei weht nicht mal ein Lüftchen. Vielleicht ist das seine Art zu zeigen, dass er enttäuscht ist. »Soll das etwa heißen, ich werde nie eingelegte Würmer probieren?«, krächzt er. »Gibt es wenigstens frittierte Kellerasseln hier oben?«

Ich erspare ihm eine Antwort und laufe weiter.

Erst am Waldrand halte ich kurz an, um die Lage zu checken. Weit unter mir glitzert die Sonne in den Wellen des Sees. Am Fuße des Hügels laufen die anderen Schüler so klein wie Punkte aus allen Richtungen zusammen und verschwinden im Schulgebäude. Das Läuten der ersten Glocke ist bis hier rauf zu hören. Beim zweiten Klingeln müssen alle in ihren Klassenzimmern sein!

So schnell ich kann, renne ich den Hügel hinunter.

»Warum so eilig?!«, ruft mir der Dämon nach.

Die Wiese fliegt unter meinen Füßen dahin. Ich muss aufpassen, über keinen Maulwurfshügel zu stolpern. »Hau endlich ab, Dämon! Und wenn nicht, dann halt mich wenigstens nicht auf!«

Trotzdem taucht der Dämon mühelos wieder neben mir auf. Überrascht stelle ich fest, dass er den Boden nicht mal berührt. Er schwebt einfach im Schneidersitz den Hügel hinab, während seine Feuerhaare wie ein blaugrüner Schleier hinter ihm herwehen. Keine Ahnung, warum er so schmutzige Füße hat, wenn er sie doch kaum benutzt.

»Wieso nennst du mich eigentlich Dämon? Du hast doch meinen Namen erraten«, fragt er. »Ich sag auch nicht Menschenjunge zu dir.«

»Ich bin ein Mädchen!«

Er mustert mich ausgiebig. »Bist du dir *sicher*?«

»JA!«, fauche ich. »Und jetzt verschwinde, Dämon!«

»Pferdefuß! Urian Pferdefuß!«, korrigiert er mich. »Meinetwegen darfst du auch nur Urian sagen.«

Oh. Das ist irgendwie nett von ihm. Sich vorzustellen und so. Muss ich ihm jetzt etwa auch meinen Namen sagen? »Lu Isa Diabolus«, murre ich. »Meinetwegen darfst du auch nur Lu Isa sagen.«

Er zieht die Augenbrauen hoch. »Aber das ist doch ein Mädchenname?«

»ICH BIN AUCH EIN MÄDCHEN!«

Für den Rest des Weges rede ich kein Wort mehr mit ihm. Leider hält ihn das nicht davon ab, mir trotzdem in die Schule zu folgen. Es hat bereits zum zweiten Mal geklingelt, als ich durch das Schultor laufe und über den Parkplatz hetze. Gebückt husche ich unter dem Teezimmer der Lehrer hindurch, renne die Marmorstufen zur Eingangstür hinauf und werfe mich gegen die schweren Flügeltüren. Drinnen übersehe ich absichtlich die Reihe von Schuhputzautomaten, die wir eigentlich benutzen müssen, und hole rasch meine Pantoffeln aus dem Spind.

Richtig gelesen. *Pantoffeln.* Die sehen genauso altmodisch aus, wie es sich anhört. In dunklem Königsblau mit dem goldenen Wappen der Bad-Reinemacher-Eliteschule drauf. Damit wir die originalen Walnussholzböden in den Klassenzimmern schonen. Ich stecke meine Turnschuhe in den Schrank und schlüpfe in die Pantoffeln.

»Oje, die sehen gewaschen aus.« Urian lehnt sich mit verschränkten Armen an den Spind und verzieht das Gesicht. »Da werden dich die anderen Schüler fürchterlich aufziehen. Ich kann's ihnen nicht verübeln. Würde am liebsten selbst laut lachen.«

Ich ignoriere ihn einfach.

Mit klopfendem Herzen husche ich durch die leeren Flure mit Marmorböden und getäfelten Holzwänden. Inzwischen ist es mir egal, dass Urian mir wie eine Gewitterwolke hinterherfliegt. Ich kann nur noch an eines denken: Hoffentlich werde ich nicht ins Büro der Direktorin geschickt!

Vor meinem Klassenzimmer warten zwei Überraschungen auf mich. Die gute Überraschung lautet: Die Tür steht offen. Was bedeutet, dass unsere Mathelehrerin noch nicht da ist – und ich nicht zu spät bin. Die schlechte Überraschung allerdings steht direkt daneben, hat seidig braune Haare, eine golden funkelnde Halskette und ein verbissenes Gesicht.

»Annabelle«, keuche ich.

Ausgerechnet ihr muss ich jetzt begegnen!

Annabelle wirft ihre langen Haare nach hinten und schnaubt abfällig. »Wen haben wir denn da? Die Verrückte vom Teufelshorn! Etwas spät, nicht wahr?«

Ich will an ihr vorbei ins Klassenzimmer schlüpfen, aber

Annabelle versperrt mir mit ihrem blütenweißen Polohemd den Weg. »Keine Chance«, faucht sie. »Du wirst hier schön warten, bis Frau Fiesriech dich erwischt. Für deine Aktion gestern mach ich dein Leben zur Hölle!«

»Die klingt nett«, meint Urian hinter mir.

Ich werfe ihm einen finsteren Blick zu. Obwohl er mitten im Flur schwebt, schreit Annabelle nicht erschrocken auf. Sie bringt sich nicht mal vor all dem Schmutz in Sicherheit, der an seinen verkokelten Kleidern haftet. Auch für sie muss er unsichtbar sein. Einerseits erleichtert mich das. Andererseits hätte ich ein bisschen Ablenkung gut brauchen können. Wer achtet schon auf Zuspätkommer, wenn ein Dämon mit Feuerhaaren durch die Schule fliegt?

Von weiter weg höre ich das Hallen von Schritten auf dem Marmorboden. Das muss Frau Fiesriech sein. Jede Minute kann sie um die Ecke kommen!

»Bitte, Annabelle!« Ich versuche noch mal, mich an ihr vorbeizudrücken, aber sie schubst mich einfach zurück. »Das mit den Ameisen tut mir echt leid!«

Annabelles Finger gleiten über ihre goldene Halskette. »Wegen dir hätten mir die INFLUENZA fast die Anwärterhalskette abgenommen. Und wer nicht zu ihnen gehört, verbringt ein paar seeehr, seeehr lange Jahre hier. Dafür gibt es keine Entschuldigung!«

»Für so ein grelles Hemd gibt es auch keine Entschuldigung!«, beschwert sich Urian. »Ich krieg Augenschmerzen davon!«

Bevor ich es verhindern kann, springt Urian vor Annabelle und wischt seine schwarzen Hände an ihrem Polohemd ab. Sie runzelt die Stirn, so als hätte sie irgendetwas gespürt, wirft einen prüfenden Blick an sich hinab und schreit erschrocken auf. »WO KOMMEN DIESE FLECKEN HER?!«

Ich nutze die Gelegenheit und fliehe in die Klasse. Gerade noch rechtzeitig, denn hinter mir höre ich bereits Frau Fiesriechs Stimme, die wissen will, warum Annabelle so ein Theater macht. Wie ein geölter Blitz jage ich zwischen den Schulbänken hindurch und werfe mich auf meinen Platz ganz hinten beim Fenster.

Damien Dorn, der in der Reihe vor mir sitzt, dreht sich mit hochgezogenen Augenbrauen nach mir um. Er ist nicht der Einzige. Auch alle anderen Schüler glotzen mich an oder stecken ihre Köpfe zusammen. *»Die Verrückte vom Teufelshorn«*, tuscheln sie aufgeregt. *»Was hat sie Annabelle schon wieder angetan?«*

Urian kommt zur Tür hereingeflogen und hält sich den Bauch vor Lachen. »Zum Teufel! Du hast das Beste versäumt!«, kräht er. »Ich hab ihr noch ein paar Streifen auf den Rücken geschmiert, damit es zum Vorderteil passt. Sie macht ein Gesicht, als würde sie am liebsten vor sich selbst davonlaufen!«

Für alle außer mir scheint der Dämon tatsächlich unsichtbar zu sein. Keiner bemerkt ihn, als er durch die Klasse schwebt und neben mir auf dem Fensterbrett landet. Glucksend lässt er sich an der Scheibe heruntergleiten, legt seine schmutzigen Füße quer über meinen Tisch und stupst mich mit seinen schwarzen Zehennägeln an. »Hey, Lu! Ich rede mit dir!«

»Ich heiße *Lu Isa*«, zische ich.

»Aber Lu passt viel besser zu dir. Ich nenne dich Lu. Was machen wir jetzt, Lu?«

Ich hole mein Mathebuch aus dem Rucksack und knalle

es auf seine Füße, damit er sie von meinem Tisch runternimmt. Damien Dorn zuckt zusammen und dreht sich rasch wieder um. Auch die anderen Schüler wenden sich nach vorne, als Frau Fiesriech mit Annabelle im Schlepptau die Klasse betritt.

Annabelles Kopf leuchtet wie ein Radieschen. Gebückt huscht sie zu ihrem Platz, ihre Arme merkwürdig über ihrem Polohemd verschränkt, damit keiner die Flecken darauf sieht. Sie faucht einem anderen Mädchen etwas zu, das zögernd sein Seidenhalstuch abnimmt und es Annabelle reicht. Während Annabelle das Tuch über ihrer Brust drapiert, schießt sie böse Blicke zu mir herüber.

»Ach! Was wäre die Schule ohne Todfeinde!«, schwärmt Urian. »Auf der Dämonenakademie hatte ich mindestens sechs. Eine teuflische Zahl.«

Ich gebe keinen Laut von mir, denn Frau Fiesriechs Augen schweifen wie ein Suchscheinwerfer durch die Klasse. Sie hat mehrere Rechenaufgaben in eine große Spirale auf die Tafel gemalt.

»Wieso schreibt sie die Rechnungen in ein Schneckenhaus?«, will Urian wissen. »Gibt's eine Schnecke zur Belohnung, wenn man alles richtig gerechnet hat?«

»Schsch!«, zische ich so leise wie eine Fliege. Ach was, so leise wie ein *Floh*.

Nur leider hört Frau Fiesriech genauso gut wie ein Floh. »Möchte sich da hinten jemand freiwillig melden?«

Damien Dorns Hand schießt in die Höhe. »Entschuldigen Sie bitte, Frau Fiesriech, ich möchte nicht vorlaut sein, aber Lu Isa könnte die Wiederholung gut gebrauchen. Immerhin hat sie gestern die Mathestunde verpasst, weil sie das Auto der Direktorin säubern musste.«

Am liebsten würde ich mein Mathebuch jetzt auf Damien knallen! Aber Frau Fiesriech hält mir bereits die Kreide entgegen. »Das ist ein ausgezeichneter Vorschlag. Lu Isa, komm bitte her!«

Mir wird schlecht, als ich nach vorne gehe und mich vor die Tafel stelle. Normalerweise bin ich ziemlich gut in Mathe, doch heute kann ich mich einfach nicht konzentrieren. Mit knurrendem Magen fällt mir ein, dass ich nichts zum Frühstück hatte. Die Zahlen verschwimmen vor meinen Augen, und alles, woran ich denken kann, sind die köstlich süßen Karamellbonbons in meiner Brotdose.

»Was ist los, Lu Isa?«, hakt Frau Fiesriech nach, nachdem ich zu lange auf die Tafel gestarrt habe. »Diese Aufgaben sollten für eine Schülerin der Bad-Reinemacher-Eliteschule leicht auszurechnen sein.«

Mir bricht der Schweiß aus. Mit zitternder Hand setze ich die Kreide an und versuche, mich auf die erste Rechnung ganz außen auf der Spirale zu konzentrieren. Ohne das Ergebnis kann ich nicht weitermachen, weil ich für die zweite Aufgabe die Lösung der ersten brauche. So geht es immer weiter bis zur Mitte.

»Wenn du die Grundrechenarten nicht beherrschst«, empört sich Frau Fiesriech, »muss ich annehmen, dass du bei deiner Aufnahmeprüfung geschummelt hast. Ich werde die Direktorin darüber in Kenntnis setzen müssen.«

Wie aus heiterem Himmel lehnt sich Urian neben mir an die Tafel. Vor lauter Panik habe ich gar nicht gemerkt, dass er mir nach vorne gefolgt ist. Er deutet mit einem schwarzen Fingernagel auf die Rechnung. »Sechshundertsechsundsechzig. Das ist die Lösung der letzten Aufgabe in der Mitte. Krieg ich jetzt die Schnecke?«

Die Lösung *in der Mitte*? Aber dafür müsste er ja alles ausgerechnet haben.

»Woher willst du das wissen?«, flüstere ich so leise wie eine Bakterie.

Er zuckt mit den Schultern. »In der Dämonenakademie haben wir jede Stunde Mathe.«

»*Jede Stunde?* Aber das ist ja –«

»Die Hölle. Genau.« Urian grinst mich mit seinem spitzen Eckzahn an.

Hinter ihm klatscht Frau Fiesriech ungeduldig in die Hände. »Ich denke, das genügt jetzt! Komm bitte mit mir zum Direktorat!«

Ich drehe mich zur Klasse und entdecke das hämische Grinsen von Damien. Er lässt sich von seinem Sitznachbarn auf die Schulter klopfen und sagt so laut, dass selbst ich es hören kann: »Die sehen wir wohl nicht wieder!«

Kann man einem Dämon vertrauen, wenn es um Mathe geht? So wie mir heute der Kopf schwirrt, bleibt mir nichts anderes übrig.

Ich wende mich Frau Fiesriech zu und erkläre ihr mit einem mulmigen Gefühl im Magen, dass ich alle Aufgaben im Kopf ausgerechnet habe. Dann hole ich tief Luft und nenne ihr Urians Lösung.

Es wird mucksmäuschenstill in der Klasse.

Alle sehen unsere Lehrerin gespannt an.

»*Wie bitte?* Du hast alles *im Kopf* ausgerechnet?« Frau Fiesriech zupft sich an ihrem Ohrläppchen, als hätte sie sich vielleicht nur verhört. »Aber Lu Isa! Das ist vollkommen *richtig.*«

Ich falle fast in Ohnmacht, so erleichtert bin ich!

Frau Fiesriech kommt aus ihrem Lob für mich gar nicht mehr raus. Die anderen Schüler sollten sich an mir ein Beispiel nehmen, sagt sie mit strenger Stimme und fordert als Nächstes Damien auf, sich an der Tafel zu beweisen. Mit verkniffenem Gesicht steht er auf, als ich an ihm vorbei zu meinem Platz gehe. Ein kleines Schmunzeln kann ich mir nicht verkneifen. Mit einem Mal fühle ich mich so leicht wie eine Feder!

»Und wo ist jetzt meine Schnecke?!«, schimpft Urian, als er sich neben mir aufs Fensterbrett plumpsen lässt. Seine

Feuerhaare lodern verärgert auf. »Eine Hochstaplerin, diese Lehrerin!«

Als niemand mehr auf mich achtet, ziehe ich heimlich meine Brotdose aus dem Rucksack und nehme zwei Karamellbonbons heraus. Eines für mich. Und eines, das ich über den Tisch zu Urian schiebe. Er hält es sich vor die Nase und schnuppert misstrauisch daran. Wahrscheinlich sucht er vergeblich nach ein paar getrockneten Fliegen im Karamell.

»Das ist … ähm … verbrannter Zucker«, versuche ich, ihm das Bonbon schmackhaft zu machen. Immerhin waren die Schimmelpunkte auf Papas Keksen auch nur aufgemalt, und er fand sie trotzdem lecker. Er nimmt es in den Mund und kaut eine Weile darauf herum. »Nichtübel«, meint er schließlich. »KlebtvollgutindenZähnen.«

Zufrieden lehne ich mich zurück.

Vielleicht wird dieser Tag doch besser, als ich dachte!

Genau in dem Moment klopft es an der Tür.

Ich kippe fast von meinem Stuhl, als Frau Powischer hereinmaschiert. Heute ist ihr grauer Haarturm noch höher auftoupiert, ihre Brille rutscht fast von ihrer spitzen Nase und ihre Mundwinkel ziehen sich bis zum Kinn runter. Aber das ist nicht das Schlimmste. Viel schlimmer ist das, was hinter ihr hereinkommt.

»Wir haben eine neue Schülerin!«, verkündet die Direktorin mit donnernder Stimme. »Ihr Name ist Hanna Tschick!«

Ein Mädchen mit schwarzen Locken und pastellfarbenen Haarspitzen stellt sich vor die Klasse und lächelt nervös. Als sie mich hinten am Fenster entdeckt, hebt sie verstohlen eine Hand und winkt mir kurz mit den Fingern zu.

Es ist Hatschi!

»Das gibt's doch nicht«, staunt Damien, als er sich zurück auf seinen Platz setzt.

Ausnahmsweise kann ich ihm nur zustimmen. Hatschi scheint meine Botschaft gestern tatsächlich verstanden zu haben, denn heute kleidet sie sich nach den Vorgaben der Schule. Allerdings konnte sie nichts von den Sonderregeln der INFLUENZA wissen. Sie trägt eine etwas zu kurze Jeans und darüber ein Männerhemd mit aufgerollten Ärmeln, das sie in der Hüfte zusammengeknotet hat. Um sicherzugehen, dass sie alles richtig macht, hat sie sich einfach so angezogen wie ich!

Grinsend beugt sich Damien zu seinem Sitznachbarn und flüstert: »Wir machen es genauso wie mit Diabolus. In der Mittagspause schicken wir die Neue zu Knochenknacker!«

23 X 4 =

Kleines Quiz für zwischendurch!
Was ist wohl als Nächstes passiert?

a.) Alle waren nett zu Hatschi. Urian hat überhaupt nichts angestellt.

b.) Es kam VIEL SCHLIMMER, als ich jemals geahnt hätte! Dämonen konnten noch viel mehr als nur in der Luft herumschweben.

# »Ich will verbrannten Zucker!«,

bettelt Urian vom Fensterbrett. Jedes Mal, wenn er sich eins von Papas Karamellbonbons in den Mund steckt, springen kleine Funken aus seinen Feuerhaaren. Wenigstens hält ihn das davon ab, irgendwelchen Unsinn anzustellen. Ich schiebe ihm noch ein Bonbon hin und kann in Ruhe darüber nachdenken, wie ich Hatschi am besten vor Damien warnen kann. Leider hat Frau Fiesriech sie genau ans gegenüberliegende Ende der Klasse gesetzt. So bleibt mir nichts anderes übrig, als bis zur Pause zu warten.

»Noch eins!«, verlangt Urian und hält seine Hand auf.

»Wenn ich dir noch eins gebe, versprichst du mir was?«, flüstere ich mit einem verstohlenen Seitenblick auf Frau

Fiesriech. »Bleibst du während der Pause bitte hier im Klassenzimmer und stellst nichts an?«

»Was ist eine Pause?«, will Urian wissen.

»Du weißt nicht, was eine Pause ist?! Was habt ihr auf der Dämonenakademie zwischen all den Mathestunden gemacht?«

»Die Klos geputzt.«

**»Was?!**

Aber das ist ja furchtbar!«, rufe ich viel zu laut. Rasch halte ich mir eine Hand vor den Mund, aber Damien hat mich bereits gehört. Er schaut über seine Schulter und runzelt die Stirn. Ich tue so, als würde ich angestrengt in mein Heft starren. Nach einer Weile murmle ich deutlich leiser: »Diese Dämonenakademie klingt noch schlimmer als die Bad-Reinemacher-Eliteschule.«

»Viel schlimmer!« Urian grinst so stolz, als hätte ich ihm ein Kompliment gemacht. »Für das Ungeziefer in unseren Klassenzimmern haben wir sogar mal einen Preis gewonnen. Wir hatten die größten Buchwanzen von allen.«

Also, wenn ich das so höre, habe ich es doch ganz gut getroffen!

Ich schiebe Urian noch ein Bonbon hin.

Erst als es zur Pause klingelt, merke ich, dass ich es mit den Süßigkeiten übertrieben habe. Urian hopst auf dem Fensterbrett auf und ab und leckt im Sekundentakt über seine Lippen. Sicherheitshalber nehme ich die restlichen Bonbons mit, als ich aufstehe. »Du bleibst hier, okay?«, erinnere ich ihn.

Urian rutscht von der Fensterbank und verschränkt seine Arme vor der Brust. »Nur, wenn du mir noch ein Bonbon gibst.«

»Du hattest erst mal genug! Wenn ich nach der Pause wiederkomme, und du nichts angestellt hast, bekommst du noch eins.« Ich klemme mir die Brotdose unter den Arm und laufe aus dem Klassenzimmer.

Am Ende des Flurs, wo sich eine Gruppe aus Schaulustigen versammelt hat, spielt sich eine filmreife Szene ab. In den Hauptrollen: Annabelle und Hatschi. Während Annabelle wichtigtuerisch an ihrer goldenen Halskette herumspielt, sieht Hatschi so aus, als wäre sie am liebsten woanders. Als ich näher trete, höre ich Annabelle gekünstelt auflachen.

»Wieso ich entscheiden kann, was du anziehen sollst?«, kräht sie. »Weil ich eine Anwärterin bin! Aus jeder Jahrgangsstufe schaffen das nur ein Mädchen und ein Junge. Wer von den beiden beliebter ist, wird zu einem der neun INFLUENZA. Und die bestimmen alles –«

»Du redest ganz schön viel!«, unterbricht sie jemand.

Zu meiner Überraschung ist es Damien.

Annabelle wirbelt herum und verzieht das Gesicht. Die beiden scheinen sich nicht besonders zu mögen. Wenn ich Annabelle gerade richtig verstanden habe, sind sie Konkurrenten um den gleichen Posten. Alle beide wollen ein INFLUENZA werden und einen von neun heiß begehrten Buchstaben um den Hals tragen.

Mir soll's recht sein! Ich nutze die Ablenkung, um mich durch die Schaulustigen zu drücken und Hatschi beiseite zu ziehen. Sie stößt einen erleichterten Seufzer aus, als wir aus dem Gedränge herauskommen und uns hinter der nächsten Ecke an die Wand lehnen. »Was ist mit denen los?«, keucht sie kopfschüttelnd. »Sind an dieser Schule alle bekloppt, oder was?«

Ich will ihr gerade antworten, als ein lautes Heulen durch den Flur hallt.

»Luuuuuuu!
Ich brauche Zuuuuuuuuucker!«

Ich fahre heftig zusammen. Dieser Dämon! Wieso ist er nicht einfach im Klassenzimmer geblieben? Mit zusammengebissenen Zähnen versuche ich, Urians Gejammer zu ignorieren und einen halbwegs normalen Eindruck auf das neue Mädchen zu machen. Immerhin ist sie die einzige Person hier, die noch freiwillig mit mir spricht. »Also … ich heiße übrigens Lu Isa«, bringe ich etwas mühsam hervor. »Und die Sache mit den INFLUENZA ist so …«

»LU! ICH WERDE SCHWÄCHER!«

Am liebsten würde ich mich umdrehen und Urian meine Brotdose über den Schädel ziehen! Da habe ich endlich die Chance, eine Freundin zu finden, und er vermasselt mir alles! »Also … Es gibt da noch andere Schulregeln …«, erkläre ich Hatschi stockend. »Diese INFLUENZA ... Die bestimmen, was jeder anziehen darf ... Und wenn man sich nicht daran hält ...«

Von hinten tippt mir jemand auf die Schulter.

Ich schließe die Augen und konzentriere mich mit aller Kraft darauf, mich nicht ablenken zu lassen. »… dann mobben sie dich … Gestern in der Mittagspause haben Damien und die anderen Jungs …«

Schon wieder der Finger auf meiner Schulter! Diesmal noch drängender und auffordernder. Ein Fingernagel bohrt sich tief in meinen Muskel.

»… mich in den Schulgarten gelockt«, presse ich mit einem drohenden Unterton hervor. Kann mich dieser Dämon nicht mal eine Minute in Ruhe lassen?! »… wo der Hund der Direktorin …«

Er macht es tatsächlich noch mal!

Jetzt reicht es aber!

Mit geballten Fäusten wirble ich herum und stoße ihm die Brotdose gegen die Brust.

**»SIEHST DU NICHT,**
**DASS ICH MICH GERADE UNTERHALTE?!**
**HAU ENDLICH AB**
**UND LASS MICH IN RUHE,**
**DU NERVENSÄGE!«**

Mehrere Meter entfernt hängt Urian an einem Kronleuchter und sieht mich mit hochgezogenen Augenbrauen an. Alle haben ihre Gespräche eingestellt und gaffen mit offenen Mündern zu mir herüber. Dann fällt mein Blick zurück auf die Brotdose, die ich gegen eine goldene Halskette geknallt habe. Eine goldene Halskette, mit einem A daran.

194 - 97 =

Verwirrt blicke ich nach oben in Arvids tintenblaue Augen.

»Würdest du das noch mal wiederholen?«, meint er gefährlich ruhig.

Es war nicht Urian, der mir auf die Schulter getippt hat. Es war Arvid! Er streicht seine vor Gel triefenden Haare zurück und nimmt mir die Brotdose ab, die ich gegen seine Brust gedrückt habe. »Ich habe die halbe Nacht wach gelegen und an dich gedacht«, sagt er mit blitzenden Augen. »Wie ich am besten meine Gefühle für dich ausdrücken könnte. Aber weißt du, was? Manchmal ist es am besten, wenn man spontan entscheidet.«

Ich bin auf alles vorbereitet.

Auf alles.

Nur nicht darauf, dass er einfach weggeht.

»Ach! *Dem* gibst du so einfach deinen verbrannten Zucker, ja?!«, beschwert sich Urian auf dem Kronleuchter. Seine blaugrünen Feuerhaare lodern erzürnt auf. Für den Bruchteil einer Sekunde färben sich die Flammen blutrot. »DANN LASST ES EUCH ZUSAMMEN SCHMECKEN!«

Viel zu spät drehe ich mich zu Arvid, um meine Brotdose zurückzuholen. Doch der hat sich bereits vor Hatschi aufgebaut. »Schöne Grüße von Diabolus«, sagt er mit einem fiesen Grinsen. »Auf eure neue Freundschaft.«

93 + 5 =

Bevor ich es verhindern kann, öffnet er meine Brotdose genau über Hatschis Kopf. Wie in Zeitlupe blickt sie nach oben und blinzelt mit ihren großen honigbraunen Augen. Doch was auf ihr Gesicht herunterfällt, sind keine Karamellbonbons. Auch kein Pausenbrot oder Karotten. Sondern eine wahnsinnig echte

Schlaaaaaaaaaaange!

*»Ürks«*, tönt es aus Hatschis Mund.

Eine grauschwarz gefleckte Schlange fällt auf ihre Nase, rutscht über ihre Locken herunter und plumpst zwischen ihre Füße auf den Boden. Arvid springt mit einem Aufschrei zurück. Alle anderen ergreifen hastig die Flucht, als hätte jemand eine Stinkbombe in den Flur geworfen. Damien und seine Freunde stolpern übereinander und bilden einen Haufen aus zappelnden Jungs, während Annabelle zum Ausgang rennt und wie eine Sirene kreischt: »RETTE SICH, WER KANN!

**DIE BROTDOSE**
**DES GRAUENS**

SCHLÄGT WIEDER ZU!«

Nur Hatschi bewegt sich nicht. Keinen Millimeter.

Arvids Kopf schnellt zu mir herum. »Was zum Teufel hast du in deiner Brotdose?!« Dann entdeckt er etwas hinter mir, das ihn Hals über Kopf davonlaufen lässt. Noch bevor sein schleimig blonder Haarschopf um die nächste Ecke verschwunden ist, donnert Frau Powischers Stimme durch die Schule.

»WAS IST HIER DRIN FÜR EIN AUFRUHR?!« Ihr grauer Haarturm taucht in der Ausgangstür auf, durch die Annabelle eben verschwunden ist. Die Direktorin trägt Reitstiefel und einen noblen Ausgehmantel im Königsblau der Schule. Vor ihr zerrt Knochenknacker wie verrückt an seiner Leine.

Am liebsten würde ich auch türmen. Aber ein Blick zurück auf Hatschi hält mich davon ab. Wie versteinert steht sie an der Wand, ein merkwürdig abwesendes Lächeln auf ihrem Mund. Sie murmelt etwas vor sich hin, das sich verdächtig wie »hEuTe IsT eIn ScHöNeR tAg« anhört. Die Schlange hat sich auf ihren Schuhen zusammengerollt.

»Glänzen ihre Schuppen nicht hübsch?«, krächzt Urian von oben. Wie eine Gewitterwolke schwebt er zu mir herüber und versucht nicht mal, seine Begeisterung für all das Chaos zu verbergen. Seine gelben Katzenaugen leuchten auf. »Das ist eine Ringelnatter! Ich hab mal eine zum Geburtstag gekriegt. In mein kleines Gitterbettchen. Hab stundenlang geschrien vor Freude.«

Es dauert einen Moment, bis es bei mir Klick macht. »Soll das etwa heißen«, stoße ich hervor, »*DU* hast die Schlange da reingetan?!«

Er betrachtet seine schwarzen Fingernägel. »Kennst du noch einen anderen Dämon hier?«

»Hast du das etwa gemacht, weil ich dir kein Bonbon mehr gegeben habe?!«

Urian antwortet nicht darauf. Nicht etwa, weil er beleidigt ist, sondern weil Knochenknacker sich plötzlich von seiner Leine losreißt und laut bellend auf ihn zurast. Urian fällt vor Schreck aus der Luft und kann sich gerade noch rechtzeitig zurück auf seinen Kronleuchter retten, kurz bevor Knochenknackers scharfes Gebiss unter seinem Hintern zuschnappt.

**»Heilige Höllenhunde!«,**

schreit er mit zitronengelben Feuerhaaren auf.

Anscheinend können Hunde ihn sehr gut sehen.

Geschieht ihm recht!

Ich will mich endlich um Hatschi kümmern, als Frau Powischer mich von hinten packt. Ihre Finger schließen sich wie Handschellen um meine Oberarme. »Schön hiergeblieben, Fräulein Diabolus!«, keift sie mit kaum unterdrücktem Zorn. »Du kommst mit mir mit!«

Während Frau Powischer mich davonzerrt, sehe ich gerade noch, wie zwei Lehrer zu Hatschi eilen und ihr die Schlange von den Füßen nehmen. Hatschi sagt etwas, doch ich kann nur ein paar Worte verstehen: »Krankenwagen …«, stammelt sie. »Blaulicht … Spritzen …«

O nein! Geht es ihr etwa so schlecht?

Ich versuche mich loszureißen, aber Frau Powischer ist einfach stärker. Sie schleift mich durch die halbe Schule, bis wir an der Kellertreppe ankommen und ich schlagartig weiß, was mir bevorsteht. Da unten befindet sich nur die Heizung, die Besenkammer und – *die Nachsitzzelle.*

Ich würde dir wirklich gerne eine Pause gönnen, aber ich muss dir leider die Wahrheit sagen: Es kam noch schlimmer.
»WIE KONNTE DAS NOCH SCHLIMMER WERDEN?!«, fragst du?
Ich sag nur: Pass auf, was du dir wünschst ...

## »Du wirst hier bleiben, bis ich dich hole!«,

donnert Frau Powischer, als sie mich in die Nachsitzzelle schubst. »Und denk bloß nicht, dass du diesmal so leicht davonkommst! Eine *Schlang*e in die Schule zu bringen! Das ist unerhört! Selbstverständlich rufe ich deinen Vater an!«

Damit schlägt sie die Tür vor meiner Nase zu und lässt mich alleine im Keller zurück.

Missmutig setze ich mich auf die historische Kloschüssel in der Mitte der kleinen Zelle. Früher war dieser Raum mal die Toilette des Hausmeisters. Es hängt immer noch ein vergoldeter Klopapierrollenhalter an der Wand, und in der Ecke stapeln sich ein paar Kreuzworträtselhefte aus den achtziger Jahren. Ein einziger Sonnenstrahl fällt durch das gekippte Kellerfenster vor meine Füße.

Wie soll ich nur beweisen, dass ich nichts mit der Schlange zu tun hatte? Immerhin haben sehr viele Schüler gesehen, wie sie aus meiner Brotdose gefallen ist. Nicht mal die Wahrheit hilft mir weiter. Wer würde schon glauben, dass ein unsichtbarer Dämon durch die Schule schwebt?

Ich bücke mich zu einer zerbrochenen Fliese in der Ecke, um die Küchenschabe herauszulocken, mit der ich mich letzte Woche angefreundet habe. Aber es scheint ihr zu viel los zu sein. Von draußen dringt Knochenkackers wildes Bellen durch das Kellerfenster, mal leiser und mal lauter, so als würde er im Zickzack vor der Schule herumrennen. Durch das Sichtschutzglas ist nicht viel zu erkennen, doch plötzlich donnert etwas gegen die Scheibe.

Obwohl der Fensterspalt kaum groß genug ist, um eine Hand durchzustrecken, quetscht sich etwas sehr viel Größeres herein. Zuerst wirkt es wie eine dunkle Gewitterwolke, die sich über mir an der Decke sammelt und schwarzen Ruß auf mein Gesicht herabrieseln lässt. Dann schießen Arme, Beine und ein Kopf mit blaugrünem Feuerhaar heraus. Vor dem Fenster kläfft Knochenknacker so aufgeregt, dass weiße Schaumfetzen gegen die Scheibe fliegen.

»Ich hoffe, sie hat dir geschmeckt!«, keift Urian und reibt sich den Hintern. »Das war meine einzige Unterhose!« Wie ein verdorrtes Laubblatt, das von einem Baum heruntersegelt, gleitet der Dämon zu Boden. Er betrachtet die zerfetzten Überreste eines ziemlich schmutzigen Lappens in seiner Hand. Ich frage lieber nicht, was das genau ist. »Wie in Luzifers Namen kommt ein echter Höllenhund an eure Schule?!«

»Keine Ahnung«, zische ich, noch immer empört über seine Tat. »Vielleicht genauso wie eine Schlange in meine Brotdose kommt?«

»Hä?« Urian kratzt sich am Kopf. »Also ich hab keinen Höllenhund hergezaubert. Aber die Ringelnatter war teuflisch gut, oder? Wie die alle geschrien haben! Jetzt liegen sie draußen auf dem Rasen rum, weil sie sich nicht mehr reintrauen. Dieses Mädchen mit den schwarzen Locken wurde sogar von einem Krankenwagen abgeholt!«

»DAS IST NICHT LUSTIG!« Wütend springe ich vom Klo und schüttle meine Fäuste. »Wegen dir hat Hatschi einen Schock! Und mich schmeißen sie vielleicht raus! Lös dich endlich in Rauch auf und lass mich in Ruhe! Keiner braucht dich hier!«

Urians Flammenhaare werden deutlich kleiner. Er schlingt seine Arme um die Knie und starrt an mir vorbei in die Ecke. »Wer sagt denn, dass ich hier sein will?«, faucht er mit bebender Stimme. »Keiner darf hier Spaß haben! Und alle tragen tagsüber Socken. Denkst du, ich wäre nicht lieber zu Hause?!«

Ich plumpse zurück auf das Klo.

Dass Urian vielleicht Heimweh haben könnte, ist mir noch gar nicht in den Sinn gekommen. Immerhin ist er erst dreizehn Jahre alt und bis gestern noch zur Dämonenakademie gegangen. Ob er auch so etwas wie eine Familie hat, die ihn vermisst?

Es wird still in der Nachsitzzelle.

Still genug für die Küchenschabe, um ihre Fühler unter der zerbrochenen Fliese hervorzustrecken. Doch als sie den Dämon entdeckt, verschwindet sie blitzschnell wieder in ihrem Loch. Da fällt mir ein, wie laut Frau Satansbraten heute Morgen miaut hat. Und dann noch die Sache mit Knochenknacker. »Alle Tiere können dich sehen«, wird mir klar. »Menschen aber nicht. Warum sehe ich dich dann?«

Urian wirft mir einen finsteren Blick zu. »Nebenwirkung, weil du mich gebannt hast. So etwas passiert schon mal, wenn man mit dunkler Magie in Berührung kommt.«

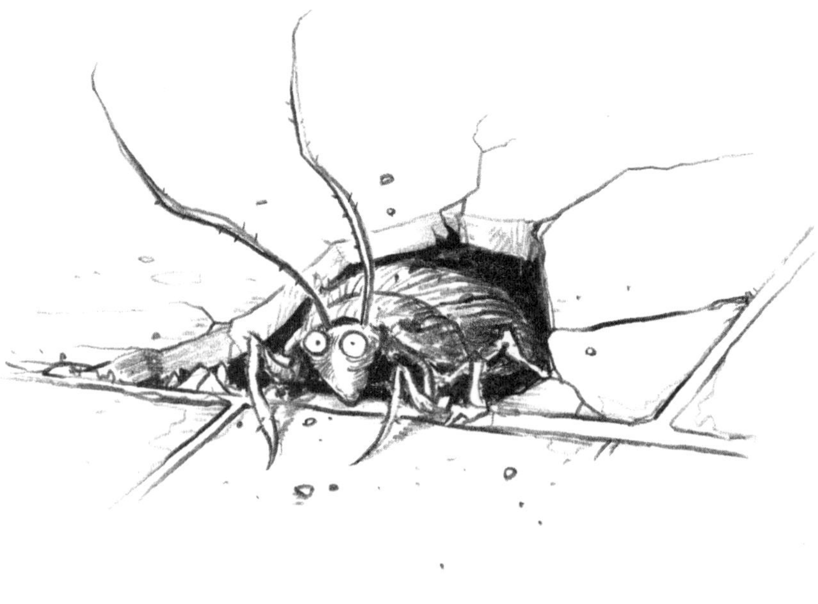

Plötzlich klopft jemand ans gekippte Fenster.

»Hey, Diabolus«, wispert eine Stimme durch den Spalt. Vor dem Sichtschutzglas kann ich einen Schatten erkennen. »Bist du da drin? Es tut mir echt leid, was ich gemacht habe. Ich konnte ja nicht wissen, was du für Ungeziefer mit dir herumschleppst.«

Ist das etwa *Arvid*?

Und er *entschuldigt* sich?

Daran kann doch nur etwas faul sein!

»Es ist meine Schuld, dass du ganz allein im Keller nachsitzen musst«, raunt er. »Deshalb hab ich ein paar Freunde von dir mitgebracht, damit dir nicht so langweilig da unten ist. Schau mal zum Fenster rauf.«

Hinter der Scheibe kann ich die Umrisse einiger Leute erkennen. Plötzlich schieben sich von allen Seiten her Strohhalme durch den Spalt und ein leises Geräusch ertönt:

PFFFFFT!

»Hey!« Empört reibt Urian sich die Wange.

PFFFFFT!

Etwas fliegt gegen meine Stirn.

PFFFFFT! PFFFFFT! PFFFFFT!

Ein weißes Papierkügelchen prallt von Urians Nase ab. Das nächste trifft mich am Arm. Und ein drittes fliegt mir fast ins Auge. Die schießen Spuckekugeln zum Fenster herein!

»Nun bist du nicht mehr so allein da drin!«, lacht Arvid von weiter weg. Offenbar lässt er seine Drecksarbeit lieber von anderen erledigen, denn vor dem Fensterspalt erkenne ich jetzt Damiens winzige Rastas. Der scheint keine Gelegenheit auszulassen, um sich bei einem echten INFLUENZA wie Arvid einzuschleimen.

Urian springt zum Fenster hinauf, doch im selben Moment ertönt ein Hupen von draußen, und die Jungs machen sich schleunigst aus dem Staub. Den Geräuschen nach fährt ein Auto vor. Das ist ungewöhnlich, denn normalerweise müssen Besucher ihre Autos auf dem Parkplatz abstellen. Von überallher hört man aufgeregtes Geplapper.

»Was ist da oben los?«, frage ich. Urians Flammenhaare versperren mir die Sicht. Wie eine riesengroße Fledermaus klammert er sich an den Fensterrahmen und linst durch den Spalt nach draußen.

»Die verteilen Eiscreme in Knuspertüten an die Schüler!«, staunt Urian. »Bestimmt, um den Schock zu lindern. Es gibt mindestens zwanzig verschiedene Sorten!«

Stöhnend lasse ich mich zurück aufs Klo fallen. »Ich will es gar nicht hören.«

»Es gibt eine echt lange Schlange vor dem Eiswagen! Die Jungs von eben haben sich vorgedrängelt«, berichtet er weiter. »Nur der mit den blonden Haaren nicht. Er lehnt an einem Baum und lässt sich Eis von ein paar Mädchen bringen, die alle peinlich rot im Gesicht sind. Er hat schon acht Tüten.«

»Wirklich«, knurre ich verärgert. »Ich will es nicht wissen!«

Urian merkt nicht mal, wie er noch Salz in meine Wunden streut.

27 X 4 =

»Jetzt wirft er die Eistüten zu ein paar Enten, die vom See heraufgeflattert sind«, fährt er ungerührt fort. »Oh. Nein. Warte. Er wollte sie gar nicht füttern, sondern nur das Eis loswerden. Er tritt nach den Enten.«

»WAS?!« Empört springe ich vom Klo und kicke gegen die Wand. »Was fällt dem ein?! Man quält keine Tiere! Es tut ihnen genauso weh wie uns! Ich wünschte, Arvid würde sich in eine schleimige Schnecke verwandeln! Dann könnten die Enten nach *ihm* treten!«

Urians Feuerhaare lodern auf und werden für eine Sekunde blutrot. Dann schwebt er vom Fenster runter und setzt sich verdächtig brav in eine Ecke. In seinen gelben Katzenaugen bilden sich Tränen. Allerdings sehen sie nach kaum unterdrücktem *Entzücken* aus.

»Was hast du jetzt schon wieder angestellt?!«, platzt es aus mir hervor.

Doch in dem Moment öffnet sich die Tür.

Frau Powischer betritt die Nachsitzzelle.

»Dein Vater erwartet dich bereits«, verkündet sie mit finsterer Miene. »Wir schließen die Schule für heute, um eine Lehrerkonferenz über deine Bestrafung abzuhalten. Geh jetzt nach Hause!«

Eine Lehrerkonferenz? Das kann nur bedeuten, dass sie mich wirklich rauswerfen wollen! Mit hängenden Schultern schlurfe ich an der Direktorin vorbei und schleppe mich die Treppe hinauf. Vielleicht sollte ich froh sein, dass der Spuk bald ein Ende hat. Doch alles, woran ich denken kann, ist Mamas enttäuschtes Gesicht. Seit fünf Generationen besucht ihre Familie diese Schule. Sie war furchtbar stolz, als ich die Aufnahmeprüfung im Frühjahr bestanden hatte.

»Lu, beeil dich!«, drängelt Urian von weiter oben. »Wenn du so langsam gehst, verpassen wir den Eiswagen! Ich hab noch nie ein Eis gegessen! In der Hölle schmilzt es weg, bevor man dran lecken kann!«

»Hab keine Lust auf Eis«, brumme ich bloß.

Urians Flammenhaare lodern auf. Ohne ein weiteres Wort zu sagen, fliegt er davon.

Oben sind die Flure wie ausgestorben. Wenigstens kann ich so in Ruhe meine Sachen holen. In meiner Klasse finde ich nicht nur meinen Rucksack, sondern auch meine verbeulte Brotdose. Jemand hat sie zurück auf meinen Platz gelegt und den silbernen Deckel beschmiert:

**BROTDOSE**
**DES GRAUENS**

… steht in schwarzen Blockbuchstaben darauf. Ich stecke die Dose in den Rucksack und schlurfe zu meinem Spind. Noch nie habe ich so lange gebraucht, um meine Schuhe zu binden, und noch nie habe ich sie *nach* dem Unterricht an den Schuhputzautomaten gesäubert. Keine Ahnung, was Frau Powischer am Telefon zu Papa gesagt hat. Ich weiß nur, dass ich es nicht besonders eilig habe, nach Hause zu kommen.

Ich verlasse das Schulgebäude gerade noch rechtzeitig, um den Eiswagen davonfahren zu sehen. Fast alle Schüler sind inzwischen nach Hause gegangen und freuen sich bestimmt über diesen unerwarteten freien Tag. Nur ein paar Nachzügler trödeln noch auf dem Parkplatz herum. Sie stoßen sich gegenseitig an und zeigen mit dem Finger auf mich, aber ich tue so, als würde ich das nicht merken. Zu meiner Überraschung entdecke ich Urian am Schultor.

Er kauert auf dem Asphalt und sieht so elend aus, als würde man seinetwegen eine Schulkonferenz abhalten. Als ich näher komme, blickt er mit feuchten Augen auf. Vor seinen Füßen klebt merkwürdig rosa Suppe auf dem Boden. Die kläglichen Überreste einer Eiswaffel.

»Ist es wegen deiner Feuerhaare geschmolzen?«, rate ich.

»Nein, es ist …« Urian zieht die Nase hoch. »Es ist *Erdbeer.*«

Erstaunt hebe ich die Augenbrauen. »Schmeckt dir das nicht?«

»Ob mir das *schmeckt*?!«, wiederholt Urian zornig und springt auf die Füße. Er reißt ein paar Blätter aus den Efeuranken am Schultor und wirft sie auf die rosa Suppe. »Es war die einzige Sorte, die noch da war! Kein Stinkmorcheleis! Keine Mehlwurmwaffel! Und keine Spinatsoße mehr!«

»So was gibt es hier sowieso nicht. Wir haben ganz normale Eissorten wie Schokolade, Vanille und Erdbeer.«

**»PFUI TEUFEL!«**

Ich rolle die Augen und gehe weiter. Im Moment habe ich wirklich andere Sorgen! Gleich nach dem Schultor biege ich auf den Trampelpfad ab, der hinauf zum Teufelshorn führt. Dummerweise bin ich so in Gedanken, dass ich die Jungs auf der Wiese viel zu spät entdecke. Nur wenige Meter vor mir tauchen plötzlich Damien und seine Freunde auf.

Wie angewurzelt bleibe ich stehen. Aber dann fällt mir auf, dass sie gar nicht in meine Richtung schauen. Die Jungs stehen im Kreis herum und betrachten etwas vor ihren Füßen. Einer von ihnen hält einen Salzstreuer in der Hand und ruft: »Schneller, du lahme Schnecke, sonst würzen wir dich!«

Urian schwebt an mir vorbei und macht vor den Jungs eine Bruchlandung im Gras. »Lu! Komm schnell her!«, ruft er mir begeistert zu. »Die streuen gleich Salz auf eine Schnecke!«

Die machen *WAS?!*

Aber das ist furchtbar grausam!

Ich muss sie aufhalten. Nur wie? Wenn die Jungs merken, dass sie mich mit der Schnecke ärgern können, machen sie es bestimmt absichtlich. Nein, ich muss eine List anwenden. Und ich hab auch schon eine Idee. Wie ein Trichter halte ich meine Hände vor den Mund und brülle: »KEINE BEWEGUNG! FRAU POWISCHER WEISS ALLES! JETZT SEID IHR DRAN!«

Sofort springen die Jungs auseinander und schauen sich gehetzt um. Sie fragen nicht mal, was genau Frau Powischer angeblich weiß. Damien ist der erste, der Hals über Kopf abhaut und seine Freunde einfach im Stich lässt. Ohne ihren Anführer scheinen die anderen nicht zu wis-

14 X 8 =

sen, was sie tun sollen. Der Salzstreuer ruft ängstlich: »Wo ist eigentlich Arvid hin?!«

»Frau Powischer hat ihn!«, lüge ich wild drauflos. »Jetzt hockt er in der Nachsitzzelle und muss alle Kommaregeln auswendig lernen!«

»Das ist unmöglich!«, kreischen die Jungs. »Die kann sich niemand merken!«

**»Kommas trennen Haupt- und Gliedsätze!«,**

rufe ich.

**»Kommas stehen als Gliederungselemente zwischen Aufzählungen!**

**Kommas trennen Einschübe und Nachträge ab!«**

Das schlägt sie in die Flucht.

Die Jungs rennen in allen Himmelsrichtungen davon.

Urian sieht ziemlich beeindruckt aus. »Interessant, wie ihr das hier oben macht. In der Hölle benutzen wir Bruchrechnungen, um die Leute in den Wahnsinn zu treiben.«

Ich ignoriere ihn und suche die Wiese nach der Schnecke ab. Hoffentlich haben sie das arme Tier noch nicht erwischt! Als ich die Stelle erreiche, an der die Jungs das Gras niedergetrampelt haben, entdecke ich eine klebrige Kugel in der Größe eines Tennisballs zwischen den Halmen. Ich stupse sie mit dem Zeigefinger an, und sie streckt tatsächlich ein Stielauge aus.

»Das ist die größte Schnecke, die ich jemals gesehen habe«, staune ich.

Ausgerollt muss sie fast so lang wie mein Unterarm sein. Ihre Haut ist merkwürdig gelb, doch am meisten wundere ich mich über ihre Augen. Wie bei allen Schnecken stehen sie in zwei langen Stielen vom Kopf ab – nur sind sie nicht schwarz, sondern tintenblau. Behutsam streichle ich über ihren zitternden Rücken. »Hey, meine Kleine. Alles ist gut. Du kannst jetzt sicher nach Hause schleimen.«

Urian räuspert sich amüsiert. »Sie ist ein *Er.*«

»Blödsinn, alle Schnecken sind Zwitter«, erwidere ich. »Das bedeutet, sie können auf Männer- und Frauenklos gehen.«

»Der hier aber nicht.« Urian pikst die Schnecke mit einem schwarzen Fingernagel an. Sie zuckt ängstlich vor ihm zurück. »Ein bisschen groß geworden. Liegt daran, dass ich unter Zeitdruck gearbeitet habe. Ich nenne ihn Schnarvid.«

»Was faselst du da? Und was soll bitte ein *Schnarvid* sein?«

»Na eine Mischung aus Schnecke und Arvid!« Urian zieht am Hinterteil der Schnecke. Ihre blauen Stielaugen werden riesengroß. »Du hast es dir doch unten in der Nachsitzzelle gewünscht, Lu.«

»Hä?« Ich versteh gar nichts mehr. »Was hab ich mir gewünscht?«

»Moment, ich zitiere dich.« Urian hebt wichtigtuerisch seinen Zeigefinger und macht meine Stimme nach. *»Ich wünschte, Arvid würde sich in eine schleimige Schnecke verwandeln! Dann könnten die Enten nach ihm treten!«*

Nein. Das kann nicht sein.

Ich meine, natürlich hab ich mir das gewünscht.

Aber doch nur, weil ich wusste, dass so etwas unmöglich ist!

Urian seufzt zufrieden. »Wollen wir Schnarvid runter zum See bringen und schauen, was die Enten mit ihm anstellen?«

Für ein paar Sekunden steht mein Mund so weit offen, dass ein Schmetterling reinfliegen könnte. Ich hebe die Schnecke hoch und schaue sie mir genauer an. Es ist gar nicht ihre Haut, die gelb ist. An ihrem schleimigen Körper kleben winzige blonde Haare!

*»Arvid?«*, keuche ich. *»Bist das etwa du?!«*

Bestimmt gab es jede Menge Mädchen an der Bad-Reinemacher-Eliteschule, die Tag und Nacht davon träumten, dass Arvid nicht mehr von ihrer Seite wich. Dass er dabei zitternd an ihrem Arm klebte, hätten die sich aber wohl eher nicht vorgestellt …

# »Ist das nicht toll?!«,

meint Urian mit leuchtenden Augen. Er hat ein paar Grashalme zu einem kleinen Ring zusammengeflochten. »Schau mal, Lu! Ein Halsband für Schnarvid! So können wir mit ihm Gassi gehen. Wenn ich noch einen Maulkorb dazu flechte, darf er sogar in den Bus.«

»Er braucht kein Halsband!«, entrüste ich mich. »Du verwandelst ihn auf der Stelle zurück!«

Urians Feuerhaare flammen so hoch auf, als wäre ein starker Windstoß hineingefahren. Beleidigt schmeißt er den Ring weg und streckt seine schwarzen Krallen auffordernd zu mir. »Spielverderber! Dann gib ihn her!«

Schnarvid versucht sich aus meiner Hand zu winden, was meine Theorie bestätigt: Offenbar können alle Tiere Urian sehen. Und seinen entsetzten Stielaugen nach, kann er auch jedes seiner Worte verstehen. Ich halte ihn hoch und mustere sein kleines Schneckengesicht. »Bist du *wirklich* Arvid?«

Er versucht, mich zu beißen.

»Gib ihm einen Strohhalm und Papier«, schlägt Urian gereizt vor. »Wenn er dir eine Spuckekugel ins Auge schießt, dann ist er es.«

»Verwandle ihn einfach zurück, okay?« Ich seufze und ziehe die Schnecke mit einem

**Plopp!**

von meiner Haut. Wenn das wirklich Arvid ist, hat er nicht mehr viel zu verlieren. Und wenn es doch nur eine normale Schnecke sein sollte, hat Arvid bald einen schleimigen Doppelgänger. Die Mädchen an der Bad-Reinemacher-Eliteschule werden den Unterschied bestimmt nicht merken. Ich setze Schnarvid vor Urian ins Gras und hoffe, dass der Dämon weiß, was er tut.

*»Zurückverwandeln!«*, murmelt Urian bitter. *»Eine* **Schande** *so was!«*

Seine Feuerhaare kräuseln sich widerspenstig, als er seinen Zeigefinger auf die Schnecke richtet. Für eine Sekunde färben sich die Flammen auf seinem Kopf hellorange, und eine dünne Rauchwolke stößt unter seiner schwarzen Kralle hervor. Dann lässt er seinen Arm kraftlos zu Boden sinken.

Arvid ist immer noch schneckig.

»Was ist los?«, frage ich.

Urian zuckt mit den Schultern. »Kein Saft mehr.«

»Was für ein Saft?«

Er rollt seine gelben Katzenaugen, als wäre ich ziemlich schwer von Begriff. Mühevoll rafft er sich von der Wiese hoch und fegt sich Grashalme vom Hintern. »Mein Fegefeuer ist fast aufgebraucht, klar? Wenn ich es zu viel benutze, gehen mir die Haare aus. Und zwar für immer! Etwas Kleines könnte ich vielleicht noch verwandeln. Wie wäre es mit einem seiner Ohren?«

Wie würde das denn aussehen?! Eine Schnecke mit einem einzelnen Menschenohr auf dem Rücken?

»Kann man dein, ähm, Fegefeuer irgendwie aufladen?«, frage ich hoffnungsvoll. »Brauchst du vielleicht was zu essen?«

»Essen?« Urian blickt überrascht auf. Ein Lächeln breitet sich auf seinem Gesicht aus, das seinen spitzen Eckzahn aufblitzen lässt. »Ja, warum nicht? Eine köstliche Mahlzeit würde sicher nicht schaden. In Butter angebraten sollen Schnecken ganz ausgezeichnet sein.«

Dabei beäugt er gierig die Schnecke vor unseren Füßen.

## »Schnarvid wird nicht gegessen!«

Rasch hebe ich ihn auf und drücke ihn schützend an meine Brust, was ihm offenbar missfällt. Er windet sich so sehr unter meiner Hand, dass er meine ganze Bluse vollschleimt. »Willst du etwa abhauen?«, zische ich ihm zu. »Weißt du was Enten, Igel, Spitzmäuse, Amseln, Stare,

Elstern, Kröten und Blindschleichen mit Dämonen gemeinsam haben? Sie alle essen liebend gerne Schnecken! Willst du wirklich runter?«

Schnarvids tintenblaue Stielauen starren mich entsetzt an, dann wird sein Körper mit einem Mal schlaff. Er hat mich tatsächlich verstanden. Damit wäre wohl bewiesen, dass ich einen schleimigen Sechstklässler in der Hand halte. Wie verrückt kann dieser Tag eigentlich noch werden?

»Lu Isaaaa!«, ruft es plötzlich vom Waldrand herunter. Die lila Haare meines Papas sind deutlich vor den grünen Bäumen zu erkennen. Normalerweise kommt er mir nicht entgegen. Was hat Frau Powischer ihm nur erzählt?

Mit pochendem Herzen laufe ich hinauf.

Als ich oben am Waldrand ankomme, fällt mir als Erstes Papas zerzauste Frisur auf. So als hätte er sich stundenlang die Haare gerauft. Seine Bäckerschürze trägt er verkehrt herum, und der Stoff klebt voll merkwürdiger roter Flecken. Er stemmt seine Hände in die Hüften und schüttelt seufzend den Kopf. »Zwei Anrufe deiner Direktorin in nicht mal zwei Wochen?«

»Es war alles ganz anders!«, stoße ich etwas voreilig hervor. »Ich würde nie eine Schlange mit in die Schule nehmen!«

Papa zieht beide Augenbrauen hoch und deutet auf meine Brust. »Und was ist das?«

Entsetzt blicke ich auf Schnarvid, der noch immer an meiner Bluse klebt und viel zu groß für eine normale Schnecke ist. Zu meinem Pech hat er auch noch seine Stielaugen eingezogen, so dass er tatsächlich fast wie eine etwas zu kurz geratene, pelzige Schlange aussieht. »Das ist … ähm … meine Bio-Hausaufgabe?«

Papa runzelt die Stirn. »Sagst du mir auch die Wahrheit?«

Ich lasse den Kopf hängen und schaue zu Boden. »Die Wahrheit ist … Ich habe versehentlich einen Dämon herbeigerufen, der mir eine Ringelnatter in die Brotdose gezaubert hat, weil ich ihm keine Karamellbonbons mehr geben wollte.«

Für einen Moment ist es still.

Dann fängt Papa lauthals an zu lachen.

Erstaunt blicke ich hoch.

Er wischt sich Lachtränen aus den Augen. »Deine Ausreden sind viel kreativer als meine früher! Da könntest du glatt eine Geschichte draus machen. Was ist noch so passiert? Warte, lass mich raten! Dieses Tier auf deinem Arm ist in Wirklichkeit dein verhextes Mathebuch!«

»Nein, ein Sechstklässler.«

Papa wirft den Kopf nach hinten und lacht noch lauter. Er drückt mich mit seinen mehlbestäubten Händen an seine Schürze. Die roten Flecken auf dem Stoff riechen nach frischer Tomatensoße. »Weißt du, was diese Frau Powasser am Telefon zu mir gesagt hat?

**So ein Verhalten**
**muss Konsequenzen**
**nach sich ziehen!**

Und da stimme ich ihr absolut zu.«

Ich halte den Atem an.

»Deine Strafe lautet folgendermaßen.« Papa räuspert sich. »Ich verbiete dir, für den Rest des Tages an die Schule zu denken und dir irgendwelche Sorgen zu machen! Das überlässt du gefälligst mir, okay? Außerdem wirst du dazu verdonnert, sofort nach Hause zu kommen und eine frischgebackene Pizza zu essen! Hast du das verstanden?«

Ich grinse erleichtert. »Muss ich vielleicht auch noch Limonade dazu trinken?«

»Auf jeden Fall!«, meint Papa und wuschelt mir durch die Haare. »Limonade ist sehr ungesund für Kinder. Ich denke, das ist eine angemessene Bestrafung.«

Urian, der sich mühsam hinter mir über den Hügel heraufgeschleppt hat, kommt erst jetzt beim Waldrand an und wischt sich grünen Schweiß von der Stirn. »Keine Ahnung, wie ihr Menschen es aushaltet, so lange auf euren Füßen rumzulaufen«, keucht er atemlos. »Hab ich irgendwas Interessantes verpasst?«

Ich drücke meinen Kopf an Papas Schürze.

»Nur den besten Papa der Welt«, flüstere ich.

Kurz bevor wir die Kirche betreten, pflücke ich ein paar Salatblätter aus unserem Garten und halte sie Schnarvid hin. Doch entweder ist er noch nicht Schnecke genug, um Salat zu mögen, oder mein Zuhause lenkt ihn zu sehr ab. Seine tintenblauen Stielaugen recken sich weit aus dem

Kopf, als wir durch das Kirchenschiff gehen. In der Küche schlägt uns der köstliche Duft von knusprigem Teig, reifen Tomaten und frischem Basilikum entgegen. Papa eilt zum Backofen und holt ein dampfendes Pizzablech heraus.

*»Was ist*

DAS

*denn?!«*

Urian verzieht sein Gesicht. »Soll das etwa Essen sein? Sieht aus, als hätte man es überfahren!«

»Das ist eine Pizza«, zische ich so leise wie möglich. »Die muss so flach sein.«

Papa stellt das Blech auf den Tisch, nimmt mir die Salatblätter ab und wäscht sie im Spülbecken. Ich setze Schnarvid auf den Stuhl neben mir und lasse unauffällig einen Orakelkeks runterwandern. Zuerst betrachtet er ihn misstrauisch, aber dann beißt er tatsächlich rein.

Urian springt auf den Küchentisch. »So wird mein Fegefeuer nie wieder aufgeladen! Ich bestehe auf dämonenfreundliche Kost! Wir haben empfindliche Mägen!«

»Probier doch erst mal«, flüstere ich. »Pizza ist total lecker.«

»PIZZA!«,

brüllt er aufgebracht. Ich ziehe den Kopf ein und werfe einen raschen Blick zu Papa, doch der rührt nur pfeifend in der Salatschüssel. Urian steckt sich einen Finger in den

Mund und tut so, als müsste er heftig würgen. »Weißt du eigentlich, was der Bannspruch bedeutet, mit dem du mich gerufen hast?«

Was für ein Bannspruch?

Urian stampft so heftig auf den Tisch, dass die Teller klappern. *»Mene mene tekel upharsin!«*, faucht er. *»Komm herbei, Dämon, oder ich verfüttere dir eine widerliche Pizza!«*

Er tritt gegen das Pizzablech.

Ich stürze gerade noch rechtzeitig nach vorne, bevor das Blech vom Tisch fliegen kann. Als Papa sich mit hochgezogenen Augenbrauen zu mir umdreht, stottere ich was davon, dass ich versehentlich dagegengestoßen bin. Hastig schiebe ich es zurück an seinen Platz.

Urians Feuerhaare lodern auf. »Mit Pizza drohen! Welcher anständige Dämon würde da nicht aus der Hölle kommen? Hab ich gemacht! Wurde sogar noch gebannt zum Dank! Und jetzt kommen die mir doch mit Pizza!«

»Du musst sie ja nicht essen«, zische ich leise. »Nimm dir ein paar von Papas Orakelkeksen. Die haben dir doch heute Morgen so gut geschmeckt?«

»Ach, JETZT bietest du mir die guten Sachen an, ja?«, fragt er schnippisch. »Nachdem die Schnecke dran rumgeschleimt hat!«

Ich rolle die Augen und schiebe ihm ein paar Orakelkekse über den Tisch. Urian wirft sich auf den Stuhl neben Arvid und zieht die Kekse besitzergreifend zu sich. Mit weit aufgerissenem Mund wirft er sich einen nach dem anderen in den Rachen. »Hmmm! Vierfarbiger Schimmel!«, seufzt er zufrieden.

Schnarvid sieht so aus, als wäre ihm schlagartig der Appetit vergangen. Er starrt auf die schimmelig bemalten Überreste seines Orakelkekses und wird grasgrün im Schneckengesicht. Na toll! Natürlich kann ich ihm nicht verraten, dass der Schimmel nur aufgemalt ist, sonst macht Urian wieder Theater.

Zu allem Überfluss entdeckt Schnarvid jetzt auch noch das kleine Zettelchen im Keks. Offenbar kann er immer noch lesen, denn seine Stielaugen wandern von links nach rechts über das Papier. Plötzlich zuckt er zusammen und rollt sich zu einer zitternden Kugel ein.

»Schlechte Neuigkeiten, Schnecke?« Urian kichert schadenfroh. Er tut so, als würde er sich Kekskrümel vom Zeigefinger lecken. Doch sein Fingernagel raucht verräterisch.

Ich beuge mich zu Schnarvid und lese die Prophezeiung in seinem Keks. In einer krakeligen Handschrift, die ganz sicher nicht von Papa stammt, steht dort:

Urian prustet los. Jede Menge Kekskrümel fliegen aus seinem Mund.

Weil Papa genau in dem Moment an den Tisch kommt, kann ich nichts sagen. Ich werfe Urian nur einen bösen Blick zu und ziehe Schnarvid näher zu mir. Die arme Schnecke klammert sich mit ihrem Saugfuß an meine Hose und zuckt jedes Mal zusammen, wenn der Dämon in einen Keks beißt.

Papa macht wirklich die allerbeste Pizza der Welt, doch heute kann ich sie nicht richtig genießen. Nach all den Orakelkeksen, die Urian verputzt, ist sein Fegefeuer bestimmt bald aufgeladen. Ich kann es kaum erwarten, dass er Schnarvid endlich zurückverwandelt. Hastig stopfe ich mir das letzte Pizzastück in den Mund, packe die Schnecke am Kragen und renne die Treppe zu meinem Zimmer hoch. »Bis später, Papa! Muss noch Hausaufgaben machen!«

»Dass du mir nicht mit deinem schleimigen Sechstklässler rumknutschst!«, gluckst Papa hinter mir in der Küche.

*Ganz sicher nicht!*, denke ich finster.

»Wer als Erster auf deinem Bett ist, darf heute drin schlafen!«, kräht Urian plötzlich. Er stößt mich auf dem Treppenabsatz zur Seite, springt voraus und bleibt dann so abrupt im Türrahmen stehen, dass ich gegen seinen Rücken laufe und die Schnecke zwischen uns einquetsche.

»Warum gehst du nicht weiter?«, rufe ich. Schnarvid richtet seine Stielaugen vorwurfsvoll auf mich. Ich streichle ihm entschuldigend über den Rücken, doch er guckt rasch woanders hin. Als Urian sich immer noch nicht von der Stelle rührt, dränge ich mich ungeduldig an ihm vorbei – nur um selbst wie erstarrt in meinem Zimmer stehen zu bleiben.

Auf meinem Schreibtisch kauert etwas!

Ein riesiger Umriss mit geschwungenen Hörnern!

Die Gestalt sieht noch schrecklicher als die Dämonenprüferin aus. Schwarze Lederklamotten bedecken ihre Haut – mit Ausnahme der nackten Füße – und ihr Gesicht steckt voller Piercings mit Glitzersteinen. Doch am auffälligsten sind ihre Haare. Sie lodern wie weißes Feuer bis zur Zimmerdecke hinauf.

Nervös hebt Urian eine Hand. »Hallo … Mama.«

Stell dir eine glitzernde Discokugel vor.
Mit weißem Feuer drauf.
Die so grell funkelt, dass man die Augen
davor zusammenkneifen muss.
Genauso sah diese Dämonin aus ...

# Urians Mutter

springt vom Schreibtisch und landet auf dem verkokelten Teppich vor uns. Sie ist viel größer als mein Papa. Ach was, größer als irgendein Mensch, den ich je gesehen habe! Ihre Feuerhaare lodern bis zu den Deckenbalken hinauf, und ihre Hörner werfen zuckende Schatten auf den Boden. Die Piercings in ihrem Gesicht blitzen so grell, dass ich nur ihre Füße ansehen kann. Ihre schwarzen Zehennägel haben die Form von zehn kleinen Hufen.

Wie Donner grollt ihre Stimme durchs Gewölbe. »Ich habe deine Socken dabei!«

»M-meine Socken?«, wiederholt Urian leise.

»Und auch deine zweite Unterhose, damit du nächsten Monat was zum Wechseln hast«, fügt die Dämonin hinzu. »Kann ich ein Foto von euch beiden machen? Die anderen Dämonen glauben mir sonst nie, dass du von so einer halben Portion gebannt worden bist. Wir haben die ganze Nacht über dich gelacht!«

Wow, das ist ganz schön fies!

Urians Flammenhaare werden so klein, dass nur noch seine Kopfhaut glüht. Er tritt von einem Fuß auf den anderen und murmelt: »Was kann ich denn dafür? Sie hat meinen wahren Namen erraten.«

»Geschieht dir ganz recht!« Urians Mutter tastet ihre Lederhose ab und zieht ein kleines, schwarzes Gerät heraus. »Ich hab es dir immer gesagt! Wenn du deine Brennnesseln nicht aufisst, kommst du zu den Menschen! Könnt ihr euch ein bisschen näher zueinander stellen, damit ihr beide ins Bild passt?«

Ich deute auf das Gerät in ihrer Hand. »Ist das etwa ein Handy? Habt ihr Empfang da unten in der Hölle?«

»Empfang!« Die Dämonin lässt ihre Feuerhaare auflodern und lacht donnernd. Aus ihrem Mund blitzen zwei lange, spitze Fangzähne. Auf jedem funkelt ein weiterer Glitzerstein. »Meine liebe halbe Portion,

**Handys wurden**
**in der Hölle erfunden!**

Damit die alten Leute im Bus niemanden mehr haben, mit dem sie reden können. Schaut ins Blitzlicht!«

Der Blitz ist so grell, dass meine Augen fast schmelzen. Ich reibe mir Tränen aus den Augenwinkeln und sehe gerade noch, wie auch Urian sich etwas von der Wange wischt. Er zieht seine Nase hoch und starrt auf den Fußboden.

»Was ist mit den anderen?«, krächzt er heiser.

»Du meinst deine nichtsnutzigen Geschwister? Die konnten leider nicht kommen«, erklärt seine Mutter. »Haben Bauchkrämpfe von all dem Lachen gestern Nacht. Vielleicht besuchen sie dich ein anderes Mal. Falls sie dich nicht vergessen. Ich leite ihnen dein Foto weiter.«

Urian nickt, ohne vom Boden aufzublicken. Seine Haare glühen kaum noch. Er steht wie ein gekrümmter Schatten vor seiner strahlenden Mutter.

Sie packt ihr Handy weg und schüttelt seufzend den Kopf. »Teufel nochmal, du gehst ja fast aus! Denk dran, dein Fegefeuer im Mondlicht aufzuladen. Und vergiss bloß nicht, dass du dieser halben Portion nur einen Wunsch pro Tag erfüllen musst. Das ist Dämonenschutzgesetz! Hier sind deine Sachen.«

Die Dämonin schnippt mit den Fingern, und ihre weißen Feuerhaare werden für eine Sekunde mitternachtsschwarz. Wie aus dem Nichts pufft eine dunkle Rauchwolke vor uns auf.

Als sie sich auflöst, steht ein brauner Koffer auf dem Boden.

»Also dann«, grollt sie zum Abschied. »Wir sehen uns irgendwann.«

Sie schnippt ein weiteres Mal mit den Fingern und löst sich selbst in Rauch auf. Nur ein paar Funken bleiben übrig und schweben langsam auf den Koffer herab. Urian bückt sich und öffnet ihn.

Allerlei merkwürdige Gegenstände aus Metall und Glas befinden sich darin. Doch am auffälligsten ist ein Paar bunter Socken, die obendrauf liegen. Sie sehen aus, als hätte sie jemand gestrickt, der die Anleitung verloren hat. Linke und rechte Maschen wechseln sich in einem chaotischen Muster ab. Bei den Zehen und an der Ferse haben sich bereits Löcher gebildet. Trotzdem drückt er die Socken liebevoll an seine Brust.

»Die hab ich bekommen, als meine letzten Socken in Flammen aufgegangen sind«, flüstert er. »Papa hat sie für mich gestrickt.«

»Du hast einen V-v-vater?«, stoße ich hervor und blicke mich besorgt im Zimmer um. Nach dieser Mutter habe ich keine große Lust auf noch mehr Dämonenbesuch. »K-k-kommt der etwa auch noch?«

Urian zuckt mit den Schultern. »Mama ist alleinverziehende Dämonin. Papa besucht mich nur an Wochentagen, die mit X anfangen. Wahrscheinlich ist er sehr enttäuscht.«

»A-aber es gibt doch keine Wochentage, die mit X anfangen?«

»Darum kommt er auch nie.«

»Oh.« Ich hocke mich neben Urian und betrachte seine löchrigen Socken. »Ähm … Die hat er aber schön gestrickt.«

Urian zieht sich die Socken an. Seine schwarzen Zehennägel blitzen aus den Löchern heraus. »Das sind Schlafsocken. Die tragen wir, damit unsere Füße schmutzig bleiben, wenn wir im Bett sind.«

»Wie … praktisch«, murmle ich.

Schnarvid streckt seinen Kopf aus meiner Hand, in der er sich vor der Dämonin verkrochen hatte, und glotzt neugierig in den Koffer. Urian schlägt ihm den Deckel vor der Nase zu. »Das ist privat, Schnecke! Es sei denn, du willst einen Blick in meine Kupferpfanne werfen! Ich kann sie dir mit etwas Salz und Pfeffer wärmstens empfehlen!«

Schnarvid weicht zitternd zurück. Als ich ihm beruhigend über den Rücken streichle, wird sein kleiner Schneckenkopf schon wieder feuerrot.

»Stimmt das, was deine Mutter gesagt hat?«, frage ich Urian. »Du kannst dein Fegefeuer mit Mondlicht aufladen? Und du musst mir einen Wunsch pro Tag erfüllen?«

»Mehr oder weniger«, murmelt Urian. »Je voller der Mond, desto schneller geht es. Bei starker Bewölkung dauert es manchmal mehrere Nächte. Außerdem kann ich nur die Wünsche erfüllen, die in meiner Macht liegen. Und es gibt Ausnahmen, kleine Abänderungen, freier Umsetzungsspielraum, absichtliche Fehlinterpretationen, entsetzliche Unfälle …«

Ich hole meinen Kalender vom Schreibtisch, auf dem alle Mondphasen abgebildet sind. Heute leuchtet ein gelber Kreis neben dem Datum. »Endlich habe ich mal Glück!«, rufe ich erleichtert. »Es ist Vollmond! Wir können Schnarvid noch heute Abend zurückverwandeln!«

Urian räuspert sich gekünstelt. Es klingt wie ein Einwand. Mit einem flauen Gefühl im Magen drehe ich mich zu ihm. »Ich traue mich fast nicht zu fragen, aber was ist jetzt schon wieder?«

»Na jaaa«, sagt er gedehnt und betrachtet seine schwarzen Fingernägel. »Ich muss dir nur einen Wunsch pro Tag erfüllen …«

»Ja und?«

Er zuckt mit den Schultern. »Den hattest du heute schon.«

Urian denkt wohl, er kann mich ärgern, wenn er mir den Wunsch nicht erfüllt. Aber diesmal bin ich ihm einen Schritt voraus! Ich nehme meinen Wecker und halte ihn triumphierend vor den Dämon. »Sobald es Mitternacht schlägt, schuldest du mir einen neuen Wunsch. Ob du willst oder nicht!«

»Das ist keine sehr nette Art, mit Freunden umzugehen«, meint Urian.

»Es ist auch keine sehr nette Art, jemanden in eine Schnecke zu verwandeln!«, entrüste ich mich. »Weißt du eigentlich, in welche Schwierigkeiten du mich bringst? Arvid wird sich nicht grade bei mir bedanken, wenn du ihn zurückverwandelst hast! Wahrscheinlich macht er mir das Leben in der Schule für immer zur Hölle! Falls die mich vorher nicht rauswerfen!«

»Musst ja nicht gleich laut werden«, faucht Urian schnippisch und widmet sich wieder seinem Koffer. Er fängt an, seine komischen Besitztümer auf meinem Teppich zu sortieren.

Ich rolle die Augen und werfe mich auf mein Bett. Da es noch Stunden dauert, bis wir den Dämon mit Mondlicht aufladen können, kann ich die Zeit auch für etwas Sinnvolles nutzen. Schadensbegrenzung zum Beispiel. Mit ausgestreckten Armen halte ich Schnarvid über mich. »Nur mal fürs Protokoll: Dieser kleine Schneckenunfall war nicht meine Schuld. Ich versuche alles, um es wiedergutzumachen. Obwohl du so fies zu mir warst!«

Schnarvid windet sich heftig in meiner Hand.

»Ich glaube, er will dir was sagen«, meint Urian vom Fußboden. »Wir könnten ihm was zum Schreiben geben. Etwas Ketchup vielleicht. Und eine große Scheibe verbranntes Toastbrot dazu.«

**»Das ist es!«**

Ich springe vom Bett hoch. »Das ist genial!«

Urian wirkt überrascht. »Genial? Na ja, mit fauligen Zwiebeln würde er bestimmt noch besser schmecken –«

»Nicht dein blödes Toastbrot! Die Idee mit dem Aufschreiben ist genial!«

Ich laufe zu meinem Schreibtisch, schlage die erste freie Doppelseite in meinem Deutschheft auf und male das Alphabet hinein. »Du kannst zwar keinen Stift halten, aber du kannst von einem Buchstaben zum nächsten schleimen«, erkläre ich Schnarvid. »Willst du mir vielleicht was sagen?«

Ich setze Schnarvid auf den Tisch und warte gespannt.

Er kriecht sofort los. Allerdings extrem

**l a n g s a m.**

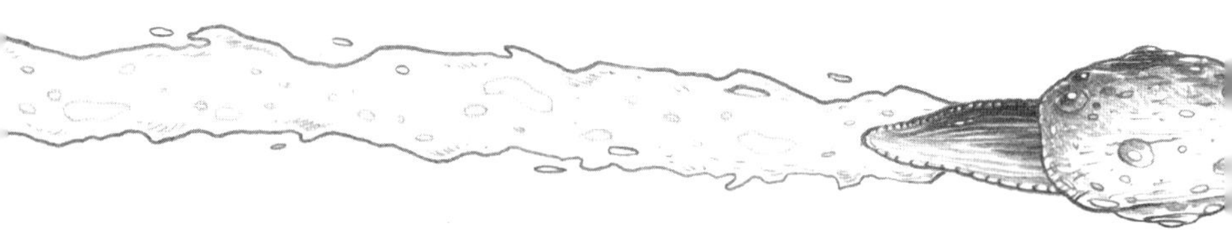

A B C D E
J K L M
R S T

F G H I

N O P Q

V W X Y Z

»Kriecht er zu ›B‹ wie *›Brat mich mit Butter an‹*?«, fragt Urian zehn Minuten später.

Ich schrecke hoch, weil ich fast im Sitzen eingeschlafen wäre. Die letzte Nacht war doch ziemlich kurz. Als ich wieder auf den Schreibtisch blinzle, erreicht Schnarvid gerade die Heftkante. Doch statt sich endlich zu seinem ersten Buchstaben zu schleimen, knabbert er nur das Papier an.

»Hab wohl sein Gehirn zu stark geschrumpft«, murmelt Urian enttäuscht.

»Unsinn, sein Gehirn war vorher auch nicht größer. Ich glaube, er will mir etwas sagen. Schau nur! Sein kleiner Mund bewegt sich!«

Schnarvid hebt seinen Schneckenkopf und SPUCKT MIR EIN WINZIGES PAPIERKÜGELCHEN INS AUGE! Dann gleitet er zum Buchstaben **H**, zurück zu **A**, wieder zu **H** und noch mal zu **A**.

Mir steht nur noch der Mund offen.

»Schnarvid sagt:

**HA HA!«,**

übersetzt Urian. »Wollen wir ihn dafür essen? Er würde genau zwischen zwei Brotscheiben passen.«

Ich springe vom Stuhl auf und knalle das Heft zu. »Jetzt reicht es aber! Egal wie klein und niedlich du geworden bist, du bist immer noch ein schleimiger Fiesling! Dabei wollte ich dir nur helfen!«

Schnarvids Kopf wird feuerrot.

Verärgert packe ich seinen glitschigen Körper und sperre ihn in meine Schublade. Soll er meinetwegen ein paar

Stifte anspucken, bis ich ihn wieder rauslasse! Ich bin viel zu müde für diesen Unsinn. Besser ich hau mich aufs Ohr.

»Und du lässt deine Finger von ihm!«, warne ich Urian, als ich meinen Wecker auf Punkt Mitternacht stelle. »Oder ich wünsche mir, dass deine Pobacken zusammenwachsen!«

»Das geht nicht!«, protestiert Urian, wirft aber gleichzeitig einen besorgten Blick auf seinen Hintern. Ohne ein weiteres Widerwort lässt er sich auf meinen Sessel plumpsen, legt seine Füße auf den Tisch und greift nach einem meiner Bücher.

Ich lege mich ins Bett und merke sofort, wie schwer meine Augenlider werden. Als letztes sehe ich noch, wie Urian sich nach vorne beugt und das Fenster öffnet. Dann fallen mir die Augen zu ...

**PIEP! PIEP! PIEP!**

Ich schlage meine Hand auf den Wecker und raffe mich vom Bett hoch. Ist es schon Morgen? Aber warum ist es noch so dunkel? Dann fällt mir alles wieder ein. Ich blinzle mir den Schlaf aus den Augen und blicke mich im Zimmer um. Urian sitzt noch immer im Sessel und blättert in meinem Buch. Silbernes Mondlicht glitzert jetzt in seinen Feuerhaaren, die so hell leuchten wie noch nie.

Gähnend greife ich nach der Schublade, um Schnarvid rauszulassen – nur um mitten in der Bewegung zu erstarren. Die Schublade ist offen! Wie vom Donner gerührt springe ich hoch und reiße sie ganz auf. Ein paar Stifte kullern mir entgegen, aber ansonsten ist sie leer.

Urian blickt von seinem Buch auf. »Ist was?«

»Schnarvid ist weg!«, keuche ich.

Wo war Schnarvid nur abgeblieben?
Und wie sollten wir ihn jetzt zurückverwandeln?!
Alles, was ich in der Schublade
von ihm entdecken konnte, war bloß …

… eine schleimige Spur.

Und zwar eine schleimige Spur, die auf den Schreibtisch führt. Genau dahin, wo Urians Füße liegen! Rasch zerre ich an seinen löchrigen Socken, um die Spur weiterzuverfolgen, doch sie wurde von der Wolle abgewischt.

»Wenn du meine Socken klauen willst, solltest du warten, bis ich schlafe«, empfiehlt mir Urian trocken. »Außerdem sind deine Füße viel zu sauber dafür. Ich kann dir etwas Dreck leihen, wenn du nett fragst.«

»Hast du nicht gehört, was ich eben gesagt habe? Schnarvid ist weg!« Ich deute auf die offene Schublade. »Wie konnte er sie aufmachen? Die ist doch viel zu schwer für ihn!«

Urian legt mein Buch zur Seite und zieht die Füße vom Tisch. Er äugt in die Schublade und zuckt nur mit den Schultern. »Ich hab ihm geholfen.«

**»Du hast WAS?!«**

Urians Feuerhaare lodern auf, höher als je zuvor. Grüne und blaue Lichter flackern durch das Zimmer. »Du kannst doch keine Schnecke in eine Schublade sperren!«, entrüstet er sich. »Schnecken müssen gut gelüftet sein, sonst schmecken sie wie alte Schuhe!«

»Zum letzten Mal!«, rufe ich.

**»WIR**
**ESSEN**
**IHN**
**NICHT!**

Wir verwandeln ihn zurück!«

Urian verschränkt die Arme vor der Brust. »Dafür ist es zu spät. Ich kann nur etwas verzaubern, das ich direkt vor mir sehe. Keine Fernzauberungen möglich. Außerdem gibt es so viele Schnecken da draußen im Wald. Was macht es schon, ob eine mehr oder weniger da ist? Du kannst dir jederzeit eine neue holen.«

»Aber die wäre nicht Arvid!«

»Dann verzaubere ich sie eben so, damit sie wie Arvid *aussieht.*«

»Nein! Das wäre falsch! Er hat doch Eltern, die ihn sicher schon vermissen!«

Urians gelbe Katzenaugen verengen sich zu schmalen Schlitzen. »Eure Eltern *vermissen* euch, wenn ihr nicht da seid?«, fragt er ungläubig. »Das hast du erfunden.«

»Nein, hab ich nicht!« Ich muss an Urians Mutter denken, die keineswegs darüber betroffen schien, dass ihr Sohn in die Menschenwelt verbannt wurde. In der Hölle läuft so einiges anders … »Du warst doch auch traurig darüber, dass deine Geschwister und dein Vater nicht gekommen sind«, versuche ich es. »So geht es Eltern, wenn ihre Kinder verschwinden. Nur hundertmal schlimmer.«

Urians Haare flackern wild auf. »Ich bin **NIE** traurig! Ich **FREUE** mich darüber, dass sie nicht gekommen sind! Manchmal weine ich vor **FREUDE!** Ich vermisse überhaupt **NIEMANDEN!** Ich will für immer **EINSAM** und **ALLEINE** sein!«

»Und warum bist du mir dann den ganzen Tag hinterhergelaufen?«

Urians Gesicht wird feuerrot. »Wie du willst!«, keift er wütend und streckt seinen Zeigefinger zum Fenster. »Deine blöde Schnecke ist schon vor Stunden da rausgekrochen! Wahrscheinlich wurde er längst von einem Igel verspeist! Bist du jetzt zufrieden?!«

Sofort klettere ich auf den Schreibtisch und taste das Fensterbrett ab. Tatsächlich geht die Schleimspur hier weiter! Für einen Jungen ist der Kirchturm viel zu hoch, um einfach runterzuspringen. Aber als Schnecke könnte er sich ins weiche Gebüsch fallen lassen, ohne einen Kratzer abzubekommen. Schnarvid hat also mehrere Stunden Vorsprung. Wie weit konnte er sich davonschleimen?

So schnell ich kann, renne ich die Treppe hinunter.

Unten ist von Papa weit und breit nichts zu sehen. Nur einige Bleche mit frischen Keksen und Süßigkeiten lassen vermuten, dass er den ganzen Nachmittag wie wild gebacken hat. Rasch stopfe ich mir ein paar Karamellbon-

35 x 4 =

bons in die Hosentasche. Es kann nicht schaden, etwas verbrannten Zucker parat zu haben, wenn ich Urian später den Wunsch abknöpfen will.

Draußen vor dem Kirchentor bleibe ich stehen. Nachts wirken die Geräusche im Wald viel gruseliger. Frösche quaken, Grillen zirpen und überall knackt es unheimlich im Gebüsch. Gänsehaut bildet sich auf meinen Armen, als ich die Steinstufen nach unten laufe und durch das hohe Gras streife. Hier irgendwo muss Schnarvid doch stecken!

»Im Dunkeln wirst du ewig suchen«, sagt plötzlich eine Stimme über mir. »Du könntest dir eine Taschenlampe von mir wünschen.«

Urian schwebt im Schneidersitz von meinem Turmfenster herab. Sein Fegefeuer leuchtet heller denn je im Mondlicht. Im Schein der blaugrünen Flammen glitzert plötzlich eine Schleimspur auf einem umgeknickten Farn auf. Sie ist viel größer als die einer normalen Schnecke. Das muss Schnarvid gewesen sein.

»Eine Taschenlampe? Netter Versuch, meinen Wunsch zu verschwenden«, erwidere ich. »Aber weißt du was? Ich hab eine bessere Idee!«

Ich packe Urians Hand und ziehe ihn mit einem Ruck zu mir herunter. Er fällt aus der Luft und landet gerade noch rechtzeitig auf seinen Füßen. Stirnrunzelnd betrachtet er unsere verschränkten Hände. »Was machst du da?«

»Ich brauche keine Taschenlampe, wenn du eine Fackel auf dem Kopf trägst! Leuchte mal da rüber ins Gebüsch. Ich glaube, da geht Schnarvids Spur weiter.«

»Findest du wirklich, dass meine Haare wie eine Fackel aussehen?«, fragt Urian geschmeichelt. »Wie eine Ölfackel oder eine Holzfackel?«

»Ähm«, sage ich, um Zeit zu schinden. Worüber freut sich ein Dämon wohl am meisten? »Ehrlich gesagt sehen sie … ähm … wie eine Giftmüllfackel aus. Du weißt schon. Blaugrüne Flammen und so.«

**GIFTMÜLLFACKEL!**

Seine Haare leuchten zufrieden auf. »Wenn Helga die Pickelige das hören könnte! Dann würde sie sich nicht mehr über meine kleinen Hörner lustig machen.«

Urian hat *Hörner*? Die sind mir bis jetzt nicht aufgefallen. Sie müssen unter seinen Flammenhaaren verborgen sein. Besser ich sage nichts. Immerhin leuchtet er gerade so hell vor Glück, dass ich Schnarvids Spur auf dem Boden deutlich erkennen kann. Der Schleim glitzert zwischen den hohen Gräsern und führt hinüber zum Friedhofswald.

Ich ziehe Urian an der Hand weiter.

Er kichert. »Deine Finger kitzeln so!«

»Hat dich noch nie jemand an der Hand gehalten?«, frage ich verwundert. Ich lasse ihn los und taste den Boden am Waldrand ab. Mehrere Schnecken haben hier den Weg gekreuzt. Es ist nicht leicht zu sagen, welches die größte Spur ist. Zum Glück entdecke ich ein ausgespucktes Löwenzahnblatt, das genau die Größe von Arvids winzigem Papierkügelchen hat. Er muss versucht haben, es zu essen. »Ich glaube, hier geht es weiter.«

»Dämonen halten nicht Händchen«, stellt Urian hinter mir klar. »Wir knuffen uns gegenseitig in die Rippen. Letztes Jahr hat Helga die Pickelige mich geknufft. Später hat sie behauptet, da wäre nur eine Mücke gewesen, die sie zerquetschen wollte.«

»Die klingt … ungewöhnlich … diese Helga«, bringe ich mühsam hervor. Beinahe hätte ich vergessen, dass Urian schon dreizehn ist. Kommen Dämonen etwa auch in die Pubertät? *Wie gruselig.*

»Jaaaa«, seufzt Urian verträumt. »Sie ist ungewöhnlich. Und so unglaublich hässlich. Sie hat die größten Pickel von allen. Diese zerfallene Statue da hinten auf dem Grab erinnert mich an sie. Vor allem das Moos in ihrem Gesicht.«

»Oh …«, sage ich nur. »Ähm … Kannst du mal da rüberleuchten? Ich glaube, Schnarvids Spur führt durch diesen Busch.«

Urian stapft über ein paar Brombeerranken und hält seinen Kopf vor einen dicken Brennnesselbusch. Tatsächlich leuchtet eine deutliche Schneckenspur am Boden auf, die auf der anderen Seite in noch dichteres Gestrüpp führt.

»Wo wollte Schnarvid bloß hin?«, wundere ich mich. »Hat er sich verlaufen, weil er so klein ist? Das Dorf liegt doch genau in der anderen Richtung. Da hinten ist nur – O NEIN!«

Sofort renne ich los.

Hinter mir prescht Urian durchs Dickicht, bis ihm ein Zweig auf den Hintern klatscht und er heulend in die Luft abhebt. Schwebend holt er mich ein und will wissen, was los ist. Aber ich kriege kein Wort raus. Mein Herz hämmert viel zu schnell in meiner Brust.

Wenn Schnarvid versehentlich zu weit gekrochen ist …!

Wenn er nicht gesehen hat, was da kommt …!

Ich springe über eine letzte Dornenranke und bleibe gerade noch rechtzeitig vor dem Abgrund stehen. Direkt vor mir bricht der Hügel in einer krummen Klippe ab, die dem Teufelshorn seinen Namen verleiht. Ein steiles Geröllfeld führt hinunter zum See.

Urian schwebt hinab. »Hey, guck mal, Lu! Du hattest recht! Da leuchtet Schnarvidschleim auf den Steinen. Er muss hier runtergerollt sein.«

Die helle Schleimspur endet beim Ufer. Und tatsächlich plätschert genau an der Stelle etwas im Wasser. Aber da unten bewegt sich noch mehr. Nicht weit entfernt mache ich die Umrisse einer Insel aus. Im hellen Mondlicht ist deutlich zu erkennen, wie kleine Geschöpfe über den Strand watscheln und ins Wasser gleiten. Als sich der Wind dreht, höre ich ihr aufgeregtes Schnattern.

18 X 8 =

Erschrocken sauge ich den Atem ein. »O nein! Das ist eine Enteninsel!«

Urian lacht. »Das klingt nicht sehr furchteinflößend.«

**»ABER ENTEN«,**

rufe ich entsetzt,

**»FRESSEN SCHNECKEN!«**

Falls du jetzt denkst – »Wo ist das Problem? Renn doch einfach runter und hol Schnarvid!« – dann muss ich dich leider enttäuschen. Der Abhang war fürchterlich steil. Und die Enten auf dem Wasser waren sehr schnell …

# »Auf in den Kampf!«,

brüllt Urian begeistert. »Beeil dich, Lu! Die Enten haben fast das Ufer erreicht!«

Ich rutsche über das Geröll hinab. Dutzende Steinchen rollen den Hang hinunter und plätschern in den See. Wenn ich nicht vorsichtig bin, begrabe ich Schnarvid unter einer Steinlawine. Aber so erreiche ich ihn nicht mehr rechtzeitig.

»Flieg runter und hol ihn!«, rufe ich Urian zu.

»Zum *Wasser*?!« Seine Flammenhaare lodern auf. »Hast du mal meine Haare gesehen? Ich lass mich doch nicht wegen einer Schnecke löschen! Mein Onkel Glatze hat mal gebadet, um seine Eltern zu ärgern. Seitdem *heißt* er Glatze.«

Plötzlich rutsche ich aus.

Wie auf einer Rutschbahn schlittere über den Hang hinab. Immer mehr Steine lösen sich unter meinen Schuhen und hüpfen zum Ufer hinunter. Der See wird von einem Kieselregen getroffen. Für eine Sekunde glaube ich tatsächlich, Schnarvids schneckenblonde Haare im Mondlicht zu erkennen. Dann geht er unter.

»URIAN!«, rufe ich entsetzt. »SCHNELL! HOL IHN!«

Urian fliegt hinunter und schwebt über dem Wasser. Seine Flammenhaare kräuseln sich, als er in die Tiefe blickt. Grüne und blaue Lichter zucken gespenstisch über die Wellen. »Er ist schon zu tief gesunken! Da kann ich nicht mehr rein!«

Jetzt spielt es keine Rolle mehr, wie viele Steine ich lostrete. Keine Ahnung, wie lange Schnecken die Luft anhalten können. Ich weiß nur eines: Wenn ich mich nicht beeile, wird Schnarvid ertrinken! Mit einem Kampfschrei stoße ich mich vom Hang ab und rase dicht gefolgt von einer Steinlawine hinunter zum See.

Die Enten fliegen schnatternd aus dem Wasser empor. Aber sie lassen sich nicht so einfach vertreiben, wie die zahmen Enten am Schulstrand. Das hier sind hungrige Wildenten, die nur selten Menschen sehen. Statt verängstigt zu ihrer Insel zu fliegen, nehmen sie ebenfalls Kurs auf die Stelle, an der Schnarvid untergegangen ist.

»Schneller, Enten!«, feuert Urian sie an. »Euer Mitternachtssnack sinkt immer tiefer!«

Ich erreiche das Ende des Hanges und springe mit einem Satz ins Wasser.

PLATSCH!

Es ist tiefer, als ich gedacht habe!

Sofort gehe ich unter. Ich bin eine gute Schwimmerin, aber das Wasser ist nachts sehr kalt, und meine Muskeln ziehen sich zusammen. Prustend tauche ich wieder auf und schüttle mir die Tropfen aus den Haaren.

Hinter mir kullern die Reste der Steinlawine in den See. Von all dem Dreck und Staub ist das Wasser viel zu trüb. Obwohl Urian direkt über mir schwebt und mit seinen Feuerhaaren leuchtet, kann ich nichts mehr darin erkennen.

»Halte durch, Schnarvid!«, keuche ich.

Ich hole tief Luft und tauche kopfüber hinab. Völlig blind taste ich den Seeboden ab, doch keine Schnecke gerät mir zwischen die Finger. Kurz versuche ich, die Augen unter Wasser zu öffnen, doch es ist stockdunkel hier unten. Als mir die Luft ausgeht, muss ich wieder auftauchen. Kaum stößt mein Kopf aus dem Wasser, rufe ich: »Urian! Ich finde ihn nicht! Verwandle ihn in ein Boot oder so was! Etwas, das schwimmen kann!

**ICH WÜNSCHE ES MIR!«**

Urian weicht meinen Wasserspritzern aus. »Geht nicht! Ich kann nur etwas verzaubern, das ich sehe! Und ich sehe da unten rein gar nichts!«

Das kann doch nicht wahr sein!

Verliere ich Schnarvid so kurz vor dem Ziel?!

Plötzlich steigen vor mir ein paar Blubblerbläschen auf. Ein rundlicher Schatten taucht aus der Tiefe herauf, den

37 x 4 =

ich zuerst für eine Art Wasserball halte. Dann erkenne ich, dass der Ball Federn und einen Schnabel hat. Die wildeste Ente, die ich je zu Gesicht bekommen habe, schießt wie ein Pfeil aus dem Wasser empor.

Quaaaak!«,

stößt sie mit einem merkwürdig erstickten Aufschrei hervor. Sie flattert ein paar Meter in die Luft, nur um wie ein Stein zurück ins Wasser zu plumpsen. Die anderen Enten schnattern aufgeregt. Es klingt fast so, als würden sie ihren Kollegen anfeuern.

»Eins zu null für das Schnabeltier!«, kräht Urian begeistert.

»Auf wessen Seite stehst du eigentlich?!« Am liebsten würde ich Wasser auf Urian spritzen. Aber dann erkenne ich, warum der Aufschrei der Ente so erstickt klang. Und warum sie viel zu schwer ist, um einfach davonzuflattern. Sie hält etwas im Schnabel. Eine blonde Schnecke mit tintenblauen Stielaugen!

»Schnarvid!«, rufe ich erleichtert. »Du lebst!«

»Die Frage ist nur, wie lange noch«, meint Urian über mir.

Tatsächlich versucht die Ente im selben Augenblick Schnarvid hinunterzuwürgen. Instinktiv rollt er sich zu einer Kugel zusammen und klemmt wie ein Tennisball in ihrem weit gespreizten Schnabel fest. Die Augen der Ente weiten sich überrascht.

»Gib Schnarvid zurück!« Ich bespritze sie mit Wasser, damit sie ihn fallen lässt, doch sie weicht mir einfach aus. Stur paddelt sie weiter und rollt den Schneckenball im Schnabel herum, um ihn doch noch irgendwie runterzuschlucken.

Die anderen Enten verlieren die Geduld. Mit ausgestreckten Hälsen flattern sie herüber und schnappen gierig nach der Schnecke, um es selbst einmal zu versuchen. Schnarvid zieht seine Stielaugen fest in den Kopf und sträubt sein blondes Schneckenfell, während Urian das Geschehen wie ein Stadionsprecher kommentiert: »Ente Nummer eins gibt die Schnecke ab! Nummer Zwei paddelt mit der Schnecke an der Außenverteidigung vorbei! Oh, sie verliert die Schnecke! Nummer Drei hat sie im Schnabel! Kriegt sie die Schnecke runter? NEEEIIIIIINNNNN! Ihr Schnabel ist auch zu klein!«

Was mach ich jetzt?!

Auf dem Wasser hole ich die Enten nie ein. Und so hungrig wie sie sind, geben sie die Schnecke bestimmt nicht freiwillig her. Ich muss mir was einfallen lassen. Am besten wäre es, wenn ich die Enten aus dem Wasser locken könnte. Wenn ich etwas hätte, das sie lieber haben wollen. Wie eine Tüte trockenes Brot oder …

**GENAU!**

**DAS IST ES!**

Ich kraule zurück ans steile Ufer, krabble aus dem Wasser und taste mit klopfendem Herzen meine Hosentaschen ab. Hoffentlich habe ich sie nicht im See verloren! Nein, da sind sie! Erleichtert ziehe ich eine Handvoll klebriger Karamellbonbons aus der Tasche, die im Mondlicht wie Goldklumpen schimmern.

»Danke, Papa«, keuche ich. »Süßigkeiten schmecken einfach am besten, wenn man sie mit jemandem teilt.«

Das Karamell ist so aufgeweicht, dass es sich leicht auseinanderziehen lässt. Hastig reiße ich es in entenfreundliche Stücke und werfe es ins seichte Wasser vor meinen Füßen. Die ersten Bonbons gehen unbemerkt unter, doch schon bald drehen ein paar Enten neugierig ihre Hälse rüber.

»Kommt nur her«, locke ich sie mit freundlicher Stimme. »So etwas Leckeres habt ihr bestimmt noch nie probiert!«

Zögernd wagt sich die erste Ente ans Ufer und reckt ihren Kopf weit vor, um sich eines der Karamellstückchen zu holen. Als sie einen erfreuten Schrei ausstößt, paddeln auch die anderen her. Ich werfe noch mehr Stückchen auf das Steingeröll, bis sich die Enten nacheinander aus dem Wasser trauen. Die Wildente, die Arvid aus den Tiefen des Sees gerettet hat, kommt als Letztes. In ihrem Schnabel klemmt ein schleimig buschiger Schneckenball.

»Danke, dass du Schnarvid heraufgeholt hast.« Ich werfe ihr die letzten Karamellbonbons direkt vor die Watschelfüße. »Ohne dich hätte ich es nicht geschafft.«

Die Wildente lässt Schnarvid achtlos zwischen die Steine fallen und schnappt gierig nach dem Karamell. Rasch hebe ich ihn auf, drücke ihn an meine Brust und krabble so schnell wie möglich über den Steilhang hoch. Völlig außer Atem lasse ich mich oben ins weiche Moos fallen.

Blaugrünes Licht schimmert ringsum auf.

»Schade«, seufzt Urian über mir in der Luft. »Fast hätten wir es geschafft.«

Erschöpft rolle ich mich auf den Rücken und schaue zu ihm hoch. »Was meinst du? Wir haben es doch geschafft?«

»Na jaaa, *wir* schon«, meint Urian. »Unser kleiner Kumpel hier aber nicht. Er ist im Kampf gefallen. Wir könnten ihm ein kleines Schneckendenkmal auf dem Friedhof bauen?«

Ich schnelle hoch und starre auf meine Hände.

Schnarvid hängt leblos in meinen Fingern!

**»Er atmet nicht mehr!«,**

stoße ich entsetzt hervor.

**»Mach doch was!«**

Urian landet neben mir im Gebüsch und pikst in Schnarvids weichen Körper. »Es gibt nur eine Sache, die das Herz eines Jungen wieder zum Schlagen bringt«, verkündet er mit tragischer Stimme.

»Was denn? Sag schon!«

Ein Grinsen breitet sich über seinem Gesicht aus, das seine Feuerhaare hoch auflodern lässt. »Na, was wohl?«, krächzt er amüsiert. »Du musst ihn natürlich küssen!«

306 - 153 =

Ich wollte keinen schleimigen Sechstklässler küssen! Ehrlich nicht!
Aber was blieb mir in dem Moment schon anderes übrig?! Immerhin stand ein Leben auf dem Spiel …

# Igitt!

Ich lege Schnarvid ins weiche Moos vor meinen Knien. Seine Stielaugen hängen schlapp nach hinten, und sein winziger Schneckenmund ist leicht geöffnet. Wenn es eine Sache gibt, die ich heute Nacht ganz bestimmt nicht tun wollte, dann ist es genau das hier. Wie ekelig ist das denn? Ich meine, eine schleimige Schnecke zu küssen, um ihr Leben zu retten, sehe ich ja noch ein. Aber einen *Jungen?!*

Urian reibt sich begeistert die Hände. Für einen dreizehnjährigen Dämon scheint das eine aufregende Sache zu sein. Wer weiß, vielleicht stellt er sich vor, dass er seine pickelige Dämonenfreundin genauso küsst? Ich schüttle mich.

»Hör zu, Schnarvid«, flüstere ich ihm zu. »Das ist deine letzte Chance. Mach die Augen auf oder ich muss dich … *küssen.*«

Die Schnecke rührt sich nicht.

Mein Herz pocht bis in den Hals.

»Ist das etwa dein erster Kuss?«, quietscht Urian entzückt. »Was für ein bedeutender Moment! Den wirst du niemals in deinem Leben vergessen! Du solltest die Luft anhalten! Und deine Lippen weiter vorstrecken!«

**»Halt endlich die Klappe!«,**

zische ich ihm zu.

Urian weicht zurück und tut so, als würde er sich den Mund mit Nadel und Faden zunähen. Dabei kann er sich sein Kichern kaum verkneifen. Seine Haare flackern von einer Seite zu anderen, als würde der Wind stetig die Richtung wechseln. Lichter und Schatten huschen abwechselnd über Schnarvids leblosen Körper. Ich beuge mich hinunter, kneife meine Augen fest zusammen und drücke meine Lippen auf sein feuchtes Fell. Er fühlt sich überraschend weich an.

Urian stößt einen Freudenschrei aus.

Rasch setze ich mich auf und wische mir über den Mund. »Hat es funktioniert? Atmet er wieder? Wieso sind seine Stielaugen immer noch zu?«

Urian zuckt mit den Schultern. »Wahrscheinlich hat er doch zu viel Wasser geschluckt. Da hilft natürlich kein Kuss. Probier's mal mit professioneller Mund-zu-Mund-Beatmung.«

»Aber ich weiß nicht, wie das geht!«

»Dann solltest du dringend einen Erste-Hilfe-Kurs machen!« Urian rollt seine gelben Katzenaugen und scheucht mich zur Seite. »Lass mich mal ran.«

»Beatmest du ihn?«

»Ich puste doch an keiner Schnecke rum! Eigentlich sollte ich dir einen Wunsch dafür abknöpfen, aber weil ihr beide so herzergreifend geknutscht habt, fühle ich mich heute großzügig. Du darfst mir später danken. Öfters.«

Urian schnippt mit den Fingern, und seine Haare wechseln die Farbe. Der Wald ringsum wird in feuerrotes Licht getaucht. Dann pufft eine schwarze Rauchwolke über Schnarvid auf, und sein kleiner Körper fängt plötzlich an, winzige Wassertropfen hervorzuhusten. Seine tintenblauen Stielaugen richten sich mühsam auf und blicken sich verwirrt um.

»Er lebt!«, stoße ich erstickt hervor. Für eine Sekunde verschwimmt alles vor meinen Augen.

»Wie romantisch«,

seufzt Urian. »Du warst so schrecklich besorgt um sein kleines, schleimiges Schneckenleben. Küss ihn noch mal!«

Schnarvid glotzt mich entsetzt an und wird knallrot.

Leider genauso rot wie ich.

»Damit wäre das ja erledigt!« Ich springe auf und klopfe mir hastig Moos von der feuchten Hose. »Ich wünsche mir …«

»Moment! Nicht so schnell!«, ruft Urian dazwischen. »Du kannst ihn doch nicht hier zurückverwandeln.«

»Warum nicht?«

»Äääähm …« Er kratzt sich nachdenklich an der Schläfe. »Aaalso … Weil wir das besser auf entweihtem Boden machen. Genau. Auf dem alten Friedhof.«

So ganz kaufe ich ihm das nicht ab, aber der Friedhof liegt nur wenige Meter hinter uns im Gebüsch, und ich sehe keinen Grund, warum wir es nicht tun sollten. Schulterzuckend willige ich ein. Als ich losgehen möchte, macht Urian mich darauf aufmerksam, dass jemand die Schnecke mitnehmen muss. Was selbstverständlich unter der Würde eines Dämons liegt. So bleibt mir nichts anderes übrig, als Schnarvid selbst aufzuheben und durch das Gestrüpp zu tragen. Wir beide schauen angestrengt in unterschiedliche Richtungen.

»Ich hab dich gar nicht richtig geküsst«, stelle ich klar. »Es war ein Notfall.«

Ein Schauer läuft durch Schnarvids kleinen Körper.

Als wir den Friedhof erreichen, setze ich die Schnecke hastig auf dem erstbesten Grabstein ab. Doch Urian ist mit meiner Wahl nicht zufrieden. Er behauptet mit wichtigtuerischer Miene, das helle Mondlicht würde seine Zauberkräfte stören, und deutet auf eine Gruft, die vollkommen im Schatten liegt. Ich kann kaum meine Hand vor Augen sehen und stolpere fast über eine Baumwurzel, als ich Schnarvid in die Dunkelheit lege.

»Rück ihn etwas weiter nach links«, dirigiert mich Urian. »Und jetzt noch einen Schubser weiter nach hinten. Jaaa, genau! Gut so! Jetzt ist es perfekt!«

Schnarvid ist nur noch als blonder Schimmer zu erkennen. Offenbar hat er verstanden, worum es geht, denn er rührt sich nicht von der Stelle. Bestimmt kann er es kaum noch erwarten, wieder ein Mensch zu werden. Beim Gedanken daran, dass er jeden Augenblick wieder ein fieser INFLUENZA sein wird, werde ich plötzlich nervös.

Ich bringe etwas Sicherheitsabstand zwischen uns und

162 - 5 =

stelle mich neben Urian. »Okay, es ist so weit … Ich wünsche mir, dass Schnarvid in einen Jungen zurückverwandelt wird!«

Nichts passiert.

Urian rührt nicht mal einen Finger.

Ich stupse ihn von der Seite an. »Warum machst du nichts?«

Er zuckt nur mit den Schultern. »Du hast nicht gesagt, dass du es dir sofort wünschst.«

Ich stöhne auf. »Also gut! Ich wünsche mir, dass Schnarvid **SOFORT** zurück in einen Jungen verwandelt wird. Und zwar **GENAU** in den Jungen, der er vorher war«, füge ich rasch hinzu, als ich Urians teuflisches Grinsen bemerke.

Der Dämon rollt seine gelben Katzenaugen und murmelt etwas davon, dass ihm niemand etwas Spaß gönnt. Er schnippt mit den Fingern, und sein Flammenhaar wechselt erneut die Farbe. Diesmal steigt eine deutlich größere Rauchwolke über der Gruft empor. Als sie sich verzieht, erkenne ich eine menschliche Gestalt in der Dunkelheit.

Mein Herz klopft wie verrückt. »Arvid? Bist du … wieder normal?«

Aus irgendeinem Grund fängt Urian an zu kichern.

Ich bekomme ein flaues Gefühl im Magen. »Arvid? Bitte sag doch was!«

**»D-Diabolus«,**

keucht Arvid in seiner krächzenden Sechstklässlerstimme. Er spuckt auf den Boden, wahrscheinlich etwas Schneckenschleim, der ihm noch im Hals hängt.

# »Lass mich sofort hier raus!«

Urian fängt schallend an zu lachen. Seine Flammenhaare lodern so hell auf, dass sie selbst die tiefsten Schatten vor uns erleuchten. Erst da erkenne ich, dass mich dieser Dämon schon wieder reingelegt hat. Arvid steckt hinter den Gitterstäben einer uralten Gruft fest! Und ich selbst habe ihn genau dort platziert.

318 : 2 =

»Lass ihn da raus«, zische ich. »Für diese Grüfte gibt es schon seit hundert Jahren keine Schlüssel mehr!«

Urian wischt sich Lachtränen von den Wangen. »Könnte ich schon machen. Morgen vielleicht. Wenn du einen neuen Wunsch frei hast. Wollen wir Eicheln sammeln und durchs Gitter werfen? Wer seinen Kopf trifft, kriegt einen Punkt!«

Arvid klammert seine Hände um die Gitterstäbe. »Wenn du mich nicht sofort hier rauslässt, Diabolus, dann … Dann mach ich deine neue Freundin fertig! Ich schwöre dir, die Schlange heute Morgen war nichts dagegen! Sie wird sich überhaupt nie mehr in die Schule trauen!«

**»WAS?!«,**

rufe ich entrüstet. »Nach all dem, was ich heute Nacht für dich getan habe, drohst du mir?! Und dann auch noch mit Hatschi, die überhaupt nichts mit der ganzen Sache zu tun hat?!«

Mit geballten Fäusten stapfe ich zur Gruft und trete gegen das Gitter. Arvid weicht zurück. Dabei zerknackst etwas unter seinen Schuhen, das sich wie ein alter Knochen anhört. Seine tintenblauen Augen weiten sich vor Schreck. Er rührt sich nicht mehr von der Stelle.

Da kommt mir eine Idee.

»Weißt du was?«, schlage ich vor. »Wir helfen dir raus. Wenn du hier und jetzt schwörst, Hatschi für immer in Ruhe zu lassen.«

»Und sonst was? Du kannst mich nicht hierlassen!«, krächzt er verunsichert.

»So? Kann ich nicht?« Ich drehe mich auf der Stelle um

und gehe einfach weg. »Vielleicht hast du es dir bis morgen Nacht anders überlegt!«, rufe ich über meine Schulter zurück. »Lass uns gehen, Urian. Arvid möchte noch ein bisschen mit den alten Skeletten in der Gruft spielen.«

»Warte!«,

brüllt Arvid uns hinterher. »Meinetwegen! Ich SCHWÖRE es!«

Dacht ich's mir doch!

Grinsend bleibe ich stehen und hebe einen großen Stein vom Waldboden auf. Die Schlüssel für die alten Grüfte mögen längst verloren sein, doch nach all dieser Zeit hat sich der Rost tief ins Eisen gefressen. Ich gehe zurück und muss nur dreimal kräftig auf das Schloss schlagen, um es aufzubrechen.

Arvid stößt das Gitter weg und befreit sich aus der Gruft. Einen Moment lang starrt er den Dämon mit weit aufgerissenen Augen an, dann nimmt er seine Beine in die Hand und stürzt durch den Wald davon. Das Geknacke und Geknister seiner Flucht wird immer leiser, bis es schließlich nicht mehr zu hören ist.

Erleichtert lasse ich die Schultern hängen.

Endlich ist es vorbei!

»Interessant«, murmelt Urian und kratzt sich nachdenklich am Kinn. »Offenbar gibt es eine kleine Nebenwirkung der Verwandlung.«

»Was denn jetzt noch?«, stöhne ich auf.

Er zieht die Augenbrauen hoch. »Arvid kann mich jetzt auch als Mensch sehen!«

Am nächsten Morgen wollte ich nur eines:
für immer im Bett liegen bleiben!
Denn kaum schlug ich die Augen auf,
fiel mir ein, was mich heute erwarten würde.
Das Ergebnis der Lehrerkonferenz …

# BESTIMMT WERFEN SIE MICH RAUS!

Seufzend lasse ich mich vom Bett rutschen und tappe mit hängenden Schultern die Treppe hinab. Urian hat schon früh am Morgen in seinem Koffer herumgewühlt und dann mein Zimmer verlassen. Ich war viel zu müde, um mir Gedanken darüber zu machen. Erst als ich unten in der Küche ankomme, bleibe ich verdutzt vor dem Dämon stehen.

Er kniet auf dem Fußboden und poliert unsere Katzenschalen mit einem fleckigen Lappen. Eine Vase mit Grashalmen wurde neben dem Futterplatz hingestellt, und rundherum etwas ausgestreut, das getrockneten Mäuseschwänzen furchtbar ähnlich sieht. Als Urian mich kommen hört, blickt er mit leuchtenden Augen auf. »Ich habe die Schalen des dunklen Fürsten für sein Frühstück vorbereitet!«

*Der dunkle Fürst?*

Ach ja, damit meint er unsere Katze.

Kopfschüttelnd gehe ich zum Schrank, hole mein Müsli raus und setze mich an den Tisch. Gerade als ich mich frage, wo Papa eigentlich steckt, springt das Kirchentor auf, und er kommt hereingelaufen. Heute weht ihm eine eidottergelbe Schürze hinterher, die er nur an Tagen trägt, an denen etwas besonders Gutes passiert ist. Mit gerunzelter Stirn schaue ich ihm dabei zu, wie er ein Paket auf den Tisch legt.

»Das hast du doch nicht etwa in den Katakomben gefunden?«, frage ich vorsichtig.

»Nein«, meint er fröhlich. »Ist eben mit dem Lieferdienst gekommen.«

»Lieferdienst?«

Papa geht zum Fenster, um Frau Satansbraten hereinzulassen, die maunzend vor dem Buntglas herumstreift. Als Urian die Katze entdeckt, stellt er sich so stocksteif wie ein Soldat neben ihre Futterschalen. Einen Moment lang blickt Frau Satansbraten ihn misstrauisch an, dann hüpft sie an Papa vorbei auf den Boden und läuft mit hoch erhobenem Schwanz auf den Dämon zu.

Mit zitternden Händen zieht Urian eine Katzenfutterdose hervor, die er wohl für genau diesen Moment vorbereitet hat. Er schabt ihr mit dem Finger etwas Futter in die Schale, weicht rasch zurück und saugt hörbar den Atem

489 : 3 =

ein. Als Frau Satansbraten anfängt zu fressen, bricht er vor Freude fast in Tränen aus.

Da scheint wohl jeder heute Morgen besonders glücklich zu sein. Fast jeder. Missmutig schiebe ich mir einen Löffel Müsli in den Mund und kaue lustlos auf den Haferflocken herum.

»Willst du dein Paket nicht aufmachen?«, fragt Papa.

»Mein Paket?« Ich horche auf. »Aber ich habe doch gar nichts mehr bestellt?«

»Es steht *Lu Isa Diabolus* drauf.«

Verwundert stehe ich auf und nehme das Paket vom Tisch. Tatsächlich ist da mein Name aufgedruckt, und auch die Adresse stimmt. Ich hole ein Messer aus der Schublade und trenne das Klebeband vorsichtig auf. Als ich den Karton aufklappe und das Einwickelpapier zur Seite schlage, kommt eine Menge Stoff zum Vorschein.

»Ein Faltenrock«, murmle ich verwirrt. Ich beuge mich über das Paket und ziehe noch mehr hervor. Blickdichte Strumpfhosen. Eine schiefergraue Hose. Und darunter ein bügelfreies Polohemd. Aber das sind doch die Sachen, die ich für die Schule bestellt hatte? Genau die Klamotten, die sich oben in einem Häufchen Asche auf meinem Teppich verteilt haben!

Papa geht zum Herd und zieht ein Blech mit frischgebackenen Schokoladenkeksen heraus. »Großtante Friedtrud hat übrigens angerufen. Sie wollte wissen, ob dir die selbst gehäkelten Unterhosen gepasst haben, die sie dir geschickt hat.«

»Großtante Friedtrud hat mir ein Paket geschickt?«

»Wir nennen das *höhere Gewalt*«, platzt Urian dazwischen. Er verabschiedet sich von Frau Satansbraten, indem

er sich rückwärts von ihr entfernt und im Sekundentakt bis zu den Knien hinunter verneigt. »Bei unserer Dämonenprüfung müssen wir in einer Feuersbrunst vor dem Opfer erscheinen. Das ist nun mal Tradition. Dass ich dabei ausgerechnet in deinem Unterhosenpaket gelandet bin, war ein bedauerlicher Zufall. Es besteht kein Anspruch auf Schadensersatz.«

Soll das etwa heißen, Urian hat Großtante Friedtruds Unterhosen abgefackelt?!

»Möchtest du Kekse mit in die Schule nehmen?«, fragt Papa von der Anrichte. »Ich hab deine Lieblingssorte gemacht. Sieben Sorten Schokostreusel.«

Ich drücke meine blickdichte Strumpfhose an die Brust und sacke zurück auf den Stuhl. Da habe ich so unfassbares Glück mit meinem Paket, und jetzt kann ich mich gar nicht richtig darüber freuen. Der Gedanke an Frau Powischers finsteres Gesicht zieht alle Farben aus meinem Kopf. »Ich weiß gar nicht, ob die mich da noch haben wollen«, murmle ich kleinlaut. »Die Lehrerkonferenz …«

»Ach so, das weißt du ja noch gar nicht!« Papa dreht sich mit strahlendem Lächeln zu mir um. »Ich wollte es dir gestern Abend noch sagen, aber du hast schon geschlafen. Die Direktorin hat nämlich einen Anruf bekommen. Einen besonderen. Von ganz da oben.« Er deutet mit dem Zeigefinger zur Decke.

»Von da oben?«, wiederhole ich verblüfft. »Du meinst von …?!«

Papa nickt grinsend. »Diese Frau Powasser war ebenfalls ziemlich erstaunt. Nicht nur über den Anruf. Sondern auch über die Tatsache, dass sich ein Viertel der Schule auf den Ländereien befindet, die zum Teufelshorn gehören.

Und damit seit Generationen im Besitz deiner Vorfahren sind. Mütterlicherseits.«

»Aber was bedeutet das?«

Papa klappt zufrieden meine Brotdose zu und klopft sich Schokokrümel von den Händen. »Es bedeutet, dass sich der Schulrat bei dir entschuldigt und dir einen schönen Tag in der Schule wünscht!«

Noch nie war ich so schnell in meinem Zimmer und habe mich umgezogen. Das Einschlagpapier aus dem Paket fliegt in Fetzen über mich hinweg. Ich breite meine neuen Klamotten auf dem Bett aus und kann mich kaum entscheiden, was ich zuerst anprobieren soll. Schließlich schlüpfe ich in den Faltenrock und das Polohemd, und drehe mich vor dem Schrankspiegel hin und her.

Als Urian zur Tür hereinschwebt, schlägt er sich wie geblendet die Hände vor die Augen. »Was ist DAS für eine Farbe?!

**NEONGRELL?!«**

Ich zupfe an meinem Hemd. »Ähm … Es nennt sich … *weiß*.«

»Ich bekomme Migräne davon!«, behauptet er. »Damit siehst du wie dieses Mädchen mit den peinlich glatten Haaren aus! Ich kann es kaum aussprechen, aber ich denke, sie hat sie *gebürstet*.«

»Du meinst Annabelle?« Ich streiche mir nachdenklich über den Faltenrock. Heute könnte ich locker als ihr Klamotten-Zwilling durchgehen – von der goldenen Halskette mal abgesehen. Will ich das wirklich?

Mit einem Mal bin ich gar nicht mehr so begeistert über das Paket. Mein Blick schweift zum offenen Kleiderschrank, aus dem meine alten bunten Sachen herausschimmern. Ich ziehe an einen grünen Ärmel und lasse meinen Daumen über den leuchtenden Stoff gleiten.

»Wie läuft das eigentlich in der Hölle?«, frage ich Urian. »Gibt es da auch ein paar Leute, die bestimmen, was alle anderen toll finden müssen?«

Urian lacht auf. »Natürlich gibt es die! Wie sollten wir sonst wissen, über wen wir uns lustig machen sollen?«

Ich werfe einen Blick zurück auf mein Paket. »Weißt du was? Ich glaube, es muss nur eine Person geben, der mein Outfit wirklich gefällt.«

»Meinst du dieses Mädchen mit den schwarzen Locken?«

Lächelnd greife ich in meinen Kleiderschrank. »Nein. Ich meine mich selbst.«

Am Waldrand bleibe ich einen Moment lang stehen und blicke hinab auf das Schulgelände. Der Wind bauscht meinen Faltenrock auf und entblößt die regenbogenfarbenen Strümpfe, die mir bis über die Knie reichen. Ich ziehe meine grüne Strickjacke etwas fester über das Polohemd und streiche mir eine lila Haarsträhne aus der Stirn.

Papa hat mir eine extra Portion Kekse mitgegeben, damit ich sie mit meinen Freunden teilen kann. Aber die einzige Person, an die ich dabei denke, ist gestern im Krankenhaus gelandet. Ob sie überhaupt noch was mit mir zu tun haben will?

»Eine Sache noch …«, sage ich zu Urian. »Wenn du heute meine Brotdose auch nur anrührst, wasche ich deine Schlafsocken. *Mit Seife.*«

Urians Flammenhaare lodern empört auf.

»PFUI TEUFEL!

Mein Onkel Glatze hat mal Seife benutzt, um seine Nachbarn zu ärgern. Wir mussten wochenlang so tun, als würden wir ihn nicht riechen.«

Ein richtiges Versprechen ist das nicht. Trotzdem schwebt Urian mir den ganzen Weg hinunter brav hinterher und zeigt keine Anzeichen von Zauberei. Er schnippt weder mit den Fingern, als wir durchs Schultor laufen, noch wechseln seine Haare in der Schlange vor den Schuhputzautomaten die Farbe. Erst als ich meine Pantoffeln aus dem Spind hole, zucken seine Mundwinkel verräterisch. Aber er behauptet stur, er hätte nur eine Mücke ins Auge gekriegt.

Auch heute wartet im Klassenzimmer eine Überraschung auf mich. Genauer gesagt sitzt die Überraschung gleich auf dem ersten Platz neben der Tür. Hinter einer Wand aus Mädchen, die ihren Tisch von allen Seiten eingekreist haben, erkenne ich jemanden mit schwarzen Locken.

Mein Herz macht einen Hüpfer.

Hatschi ist wieder da!

Gerade als ich meinen Mund aufmache, rempelt mich Annabelle von hinten an und drängt mich weiter in die Klasse hinein. Meine Begrüßung klingt wie: »Ha-haaaaah!« Zwischen den Ellbogen der anderen Mädchen hindurch sehe ich, wie Hatschi mir ziemlich verwirrt hinterherguckt.

Annabelle verliert keine Zeit. Sofort stellt sie sich vor die Tafel und gibt ihre Version der Schlangenattacke zum Besten. In der Hauptrolle *ein wahnsinnig gut aussehender INFLUENZA* (mit schleimig blonden Haaren), der sich mutig ins Geschehen wirft, als *die Verrückte vom Teufelshorn* (das bin ich) eine Schlange auf die Neue (das ist Hatschi) schmeißt.

Hatschi schnappt hörbar nach Luft, aber die anderen Mädchen tätscheln sie aufmunternd von allen Seiten nieder. Annabelle fügt hastig hinzu, dass es für einige vielleicht so ausgesehen haben könnte, als hätte Arvid die *Brotdose des Grauens* geöffnet. Mit einem künstlichen Auflachen versichert sie jedoch, dass es sich dabei nur um eine tückische Spiegelung der Luft gehandelt hat. Als Beweis führt sie an, Arvid sei so verzagt über sein Versagen gewesen, dass ihm später nicht mal die Eiscreme seiner Verehrerinnen schmecken wollte – und er sie stattdessen ein paar bedürftigen Enten spendete.

An dieser Stelle funkeln mich die Mädchen mit tiefster Abscheu an. Selbst Urian wischt sich eine gerührte Träne von der Wange, obwohl er haargenau weiß, was wirklich passiert ist. Ich rolle nur die Augen und verkrümele mich auf meinen Platz.

Den ganzen Vormittag über bietet sich keine Gelegenheit mehr, Hatschi anzusprechen. Unsere Lehrer betrachten es als ihre Pflicht, uns den unerwarteten Ferientag schnellstmöglich büßen zu lassen, und überhäufen uns mit so vielen Aufgaben, dass wir sogar in den Pausen durchschreiben müssen.

Als es endlich zu Mittag klingelt, ist meine Schreibhand so verkrampft, dass ich meine Brotdose kaum aus dem Rucksack bekomme. Annabelle und die anderen Mädchen haben Hatschi längst zur Tür hinausgedrängt. Urian und ich verlassen die Schule als Letzte.

Unten am Strand stößt Urian einen entzückten Schrei aus. »So viel unbenutzter Dreck!«, staunt er. »Wir können uns bis zum Hals darin einbuddeln!«

Ich höre ihm nur halb zu.

Auch heute haben sich die Mädchen aus meiner Klasse auf dem Bootssteg niedergelassen. Annabelle wirft ihre seidig braunen Haare nach hinten und verkündet stolz, dass eines der Segelboote von ihrer Familie gespendet wurde. Vor ihr auf dem Boden sitzt Hatschi und gibt ein höfliches *Ooohhh!* von sich. Urian schlägt vor, ich solle hingehen und damit angeben, dass ein Viertel der Schule im Besitz meiner Familie ist. Aber ich atme einfach tief durch und gehe weiter.

»Das wollte ich vorhin schon fragen«, ruft er mir nach. »Wer ist eigentlich dieser geheimnisvolle Anrufer von oben?«

Ich werfe ihm einen Blick über die Schulter zu. »Weißt du was? Ich verrate es dir, wenn du es schaffst, mir eine Woche lang kein Nachsitzen einzubrocken.«

»Aber dann werde ich es nie erfahren!«, beschwert er sich.

Die Felsen am Ufer, die von den anderen Schülern gemieden werden, bieten einen herrlichen Picknickplatz. Ich ziehe meine Schuhe und die Regenbogensocken aus, strecke meine nackten Füße ins seichte Wasser und lege mich auf einen großen, flachen Stein.

»Gib mir mal deine Hand«, meint Urian nach einer Weile. Er hat seine Beine so tief im Sand neben mir eingebuddelt, dass nur noch seinen schwarzen Zehennägel herausschauen. »Na los, schnell!«

Ich halte ihm meine Hand hin.

Er zieht sie etwas nach oben und schüttelt sie merkwürdig.

»Was machst du?«, frage ich verwundert.

»Ich winke dem Mädchen mit den schwarzen Locken zu!«

»Was?!« Verlegen ziehe ich meine Hand weg. Tatsächlich schaut Hatschi jetzt zu mir herüber. Ich spüre deutlich, wie heiß mein Gesicht wird. Zu meiner Überraschung steht sie plötzlich auf und geht einfach an Annabelle vorbei, die ihr mit einem empörten Blick hinterhersieht. Ich falle vor Schreck fast von meinem Felsen. Hatschi kommt zu mir!

Hastig nestele ich an meiner Brotdose herum, damit es so aussieht, als wäre ich irgendwie beschäftigt. Als ihr Schatten über mich fällt, blicke ich mit angehaltenem Atem auf. Hatschi streicht sich eine Locke aus dem Gesicht. »Hast du schon gehört, dass ich gestern im Krankenhaus war?«, fragt sie ohne Umschweife.

Mein Mund wird so trocken, dass ich nur nicken kann.

»Das war

**SO GENIAL!«**

Sie lacht auf und setzt sich zu mir auf den Felsen. »Die Sanitäter haben mir den Schock voll abgekauft! Wollten mir sogar eine Spritze geben! Aber dann habe ich ihnen erzählt, ich hätte eine höchst ansteckende Nadelallergie. Die sind so schnell mit mir ins Krankenhaus gefahren, dass ich beinahe wirklich in einen ihrer kleinen Pappkartons gespuckt hätte«, plappert sie in einem Schwall fort. »Aber dann sind natürlich meine Eltern aufgekreuzt und haben alles verraten. Dass ich Leuten eben gerne etwas vorspiele und so.« Sie zuckt mit den Schultern. »Ach so, das weißt du ja noch gar nicht! Ich möchte nämlich Schauspielerin werden! Das oder Gehirnchirurgin«, fügt sie nachdenklich hinzu. »Ich bin mir noch nicht ganz sicher …«

»D-du bist nicht böse auf mich?«, quetsche ich hervor.

»Wieso sollte ich böse auf dich sein?«, fragt Hatschi überrascht. »Du hast doch gar nichts gemacht. Annabelle kann so viele Luftspiegelungen herbeilügen, wie sie will, deshalb ist es noch lange nicht wahr.«

Am liebsten würde ich sie umarmen! Aber dann halte ich ihr doch nur schüchtern meine Frühstücksbox hin. »Willst du vielleicht einen Schokoladenkeks?«

»Schokolade!«, stößt sie dramatisch aus und fällt schlapp nach hinten auf den Felsen. Sie grinst mich unter ihren schwarzen Locken vergnügt an. »Ich könnte tot umfallen für Schokolade!«

Wir müssen beide lachen.

Bevor ich meine Brotdose öffne, legt sie ihre Hand auf den silbernen Deckel. Mit einer merkwürdigen Mischung aus Sorge und Vorfreude fragt sie: »Da ist keine Vogelspinne drin, oder?«

»Das ließe sich einrichten«, meint Urian neben uns im Sand.

»NEIN!« Ich räuspere mich hastig. »Ich meine, nein, da sind wirklich nur Kekse drin. Sieben Sorten Schokostreusel.«

Hatschi besteht darauf, dass sie die Getränke beisteuert. Sie holt eine Flasche aus ihrem Rucksack, die mit einer dunklen Flüssigkeit gefüllt ist. Johannisbeersaft, wie sie erklärt. In einer wiederbefüllbaren Glasflasche, weil das besser für die Umwelt ist.

Mir wird ganz warm ums Herz. So warm, dass ich ziemlich viel von meinen Schokokeksen über den Felsen hinab krümele, wo Urian gierig jeden Krümel aufliest. Er behauptet, sie schmecken mit Sand viel knuspriger.

178 - 5 =

Ich trinke gerade einen Schluck Saft, als Damien und sein Gefolge uns entdecken. Die Jungs machen keinen Hehl daraus, was sie von meiner neuen Klamottenkombination halten. Lachend zeigen sie auf meine grasgrüne Strickjacke und geben laute Froschgeräusche von sich.

**»Quaaak!«,**

ärgern sie mich. *»Ich bin die Verrückte vom Teufelshorn! Quaaak!«*

Damien fängt sogar an, auf dem Strand herumzuhüpfen und dabei – ganz zufällig – Sand auf mich zu werfen. Als er merkt, dass Hatschi nicht in sein Gelächter einfällt, kriegt auch sie eine Portion ab. Urian, der natürlich für die Jungs unsichtbar ist, beschwert sich, dass er so schamlos übergangen wird.

Als eine weitere Handvoll Sand in Hatschis Nacken klatscht, springe ich mit geballten Fäusten auf. Vielleicht sollte ich mir noch mal was von einem Dämon wünschen?! Doch bevor ich mich entscheiden kann, taucht Arvid auf.

Seine Haare sind nicht mehr zurückgeschleimt. Überhaupt sehen sie ziemlich ungestylt aus und flattern im Wind. Wahrscheinlich hat ihn sein Haargel heute Morgen zu sehr an Schneckenschleim erinnert. Sogar die goldene INFLUENZA-Halskette hängt ihm etwas schief am Hals. Für eine Sekunde trifft mich sein tintenblauer Blick, dann wendet er sich rasch ab. Er verpasst Damien einen Schubser von hinten. »Hör auf, dich so kindisch aufzuführen!«

Damien fällt mit dem Gesicht nach vorn in den Sand und rappelt sich nur mühsam auf. »Aber du hast doch gestern gesagt …«

»Naaa? Was hast du gestern gesagt,

Schnecke?«,

mischt Urian sich mit samtweicher Stimme ein. Er lässt seine blaugrünen Feuerhaare auflodern und winkt Arvid mit seinen schwarzen Krallen zu.

Arvids Wangen färben sich knallrot. Gehetzt blickt er sich um, so als würde er befürchten, dass die anderen Jungs den Dämon gehört haben. Aber Damien sitzt immer noch vor ihm im Sand und schaut ihn verwirrt an. »Dein Herumgehüpfe nervt mich, klar?!«, faucht Arvid ihn an. »Verzieh dich, sonst bist du deine Halskette los!«

Für eine Sekunde sieht Damien so aus, als würde er gleich anfangen zu heulen. Dann ziehen er und die anderen Jungs tatsächlich Leine. Arvid wirft noch einen Blick zu Urian und mir, schüttelt sich heftig und stapft schließlich in die entgegengesetzte Richtung davon.

Hatschis Augen sind weit aufgerissen.

»Hast du wieder einen Schock?«, frage ich vorsichtig.

»Schon möglich«, murmelt sie. »War das wirklich derselbe Junge von gestern? Hast du sein rotes Gesicht bemerkt? Und wie er dich angeguckt hat? Weißt du denn, was das heißt?«

Ja, leider weiß ich das ziemlich genau! Es heißt, dass er gestern in eine schleimige Schnecke verwandelt und beinahe von einer Ente gefressen worden ist. Und dass ein unsichtbarer Dämon neben uns im Sand sitzt und ihn an sein Versprechen erinnert hat, Hatschi nicht mehr zu ärgern. Natürlich kann ich ihr das nicht sagen. Also nehme ich nur einen Schluck Saft und zucke mit den Schultern.

Hatschi schlägt sich ihre Hand vor den Mund und kichert. »Die Anzeichen sind doch eindeutig! Lu Isa! Ich glaube, Arvid steht auf dich!«

Ich spucke den Saft in hohem Bogen wieder aus.

Hey! Warum grinst du denn so?!
Du weißt doch, wie es wirklich war!
Um das noch mal klarzustellen: Niemand steht auf mich! Ich stehe auf niemanden! Keiner steht irgendwo!

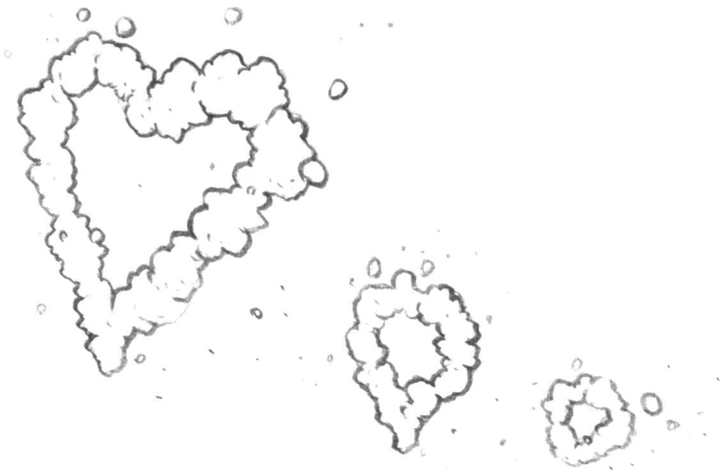

»Hör auf Herzchen in die Luft zu malen!«, knurre ich Urian zu.

Wir laufen durch den Waldfriedhof nach Hause.

Während Hatschi und ich die Schokokekse geteilt haben, ist die Mittagspause wie im Flug vergangen. Wir haben über so viele Dinge geplaudert, dass ich gar nicht mehr weiß, worüber eigentlich genau. Aber das macht nichts. Denn als es später zum Unterricht geklingelt hat, haben wir ausgemacht, dass wir morgen wieder zusammen essen wollen.

Urian schnippt mit den Fingern und seine Rauchherzen verpuffen in der Luft. »Warum guckst du so verträumt?«, will er wissen. »Bist du vielleicht doch ein kleines bisschen

verliiiebt?«

Ich werfe ihm einen finsteren Blick zu. »Arvid ist eine schleimige Schnecke! Er war heute nur nicht fies, weil er schreckliche Angst davor hat, wieder eine *echte* schleimige Schnecke zu werden.«

»Interessant, dass du gleich an Arvid denkst«, bemerkt Urian grinsend.

Ich gebe es auf! Ein dreizehnjähriger Dämon ist nun mal schon in der Pubertät. Da kann man nichts dagegen machen. Egal, wie gruselig es ist. Zum Glück bin ich absolut immun gegen Jungs.

Als wir die Lichtung der Kirche erreichen, weht uns der Gestank nach Verbranntem entgegen. Papa steht im offenen Tor und wedelt mit einem Küchentuch den Rauch heraus. »Ich wollte extra stark gebackene Kekse erfinden«, erklärt er hustend. »Und es hat funktioniert! Ich nenne sie Kokelkekse. Vielleicht kann ich sie dem Kohlemuseum verkaufen.«

Urian quiekt überglücklich, als er die verbrannten Kekse in der Küche entdeckt, und klaut sich eine Handvoll vom Blech. Oben in meinem Zimmer wirft er sich der Länge nach auf mein Bett und knabbert an seinen Leckereien. »Hmmm! Die schmecken wie in Höllenfeuer gebacken!«

»He, pass doch auf!«, rufe ich entsetzt. »Du kannst deine Flammenhaare doch nicht auf mein Kopfkissen legen!«

Unbeeindruckt leckt Urian seine Finger ab. »Keine Panik, die sind aus Fegefeuer. Das verbrennt nur schlechtes Gewissen. Fühl mal.«

Zögernd strecke ich meine Hand nach Urians Kopf aus. Die blauen und grünen Flammen sind überhaupt nicht heiß, aber sie kribbeln wie Brause auf der Haut. Zu meiner Überraschung fühlen sie sich tatsächlich wie Haare an, die seidenweich um meine Finger gleiten.

»Das bedeutet aber auch«, fährt Urian fort, »dass wir Dämonen andauernd irgendwelche Sachen anstellen müssen, damit uns das schlechte Gewissen nicht ausgeht. Nur zu deiner Information: Ich hab Essiggurken in deine Sockenschublade gezaubert.«

»WAS?!«,

Mit einem Aufschrei hechte ich zu meinem Kleiderschrank und fische die Gurken heraus. Während ich all meine Socken einzeln nach Essiggeruch überprüfe, krümelt Urian ungeniert mein Bett voll. Als er fertig ist, klopft er seine schmutzigen Hände über der Bettdecke ab und hüpft zufrieden auf den Boden.

»Ich finde unsere Wohngemeinschaft voll super!«, stellt er fest. »Du darfst von Montag bis Dienstag in deinem Bett schlafen und ich von Dienstag bis Montag.«

537 : 3 =

»Auf keinen Fall!« Ich pfeffere die Socken zurück in die Schublade und werfe die fusseligen Gurken aus dem Fenster. Im Wald gibt es bestimmt ein paar Tiere, die sich darüber freuen. »Es ist **mein** Bett. Und **MEIN** Zimmer. Du kannst oben unter der Kirchenglocke schlafen.«

Urian schüttelt sich. »Da wimmelt es bestimmt vor Gespenstern.«

Ich lache auf. »Hat ein Dämon etwa Angst vor Gespenstern?!«

Er verschränkt die Arme vor der Brust und reckt seine Nase empört in die Luft. »Du hast eben noch nie ein echtes Gespenst gesehen. Die schleichen immer so rum und fühlen sich kalt an. Außerdem erzählen sie andauernd Witze, die nicht komisch sind.«

Ich schüttle amüsiert den Kopf. »Na schön, du darfst hier schlafen. Aber auf dem Fußboden!«

»Unter deinem Bett?«, ruft Urian begeistert. »Da sind tolle Wollmäuse drunter!«

Ich seufze. »Meinetwegen.«

Urian macht einen Freudenhüpfer und fängt sofort an, sich unter meinem Bett einzurichten. Ich schaue lieber nicht zu genau hin, was da alles unter meine Matratze wandert. Als ich die Kekskrümel von meiner Bettdecke klopfe, wischt er sie sofort zusammen und füllt sie in seine Schlafsocken. Wenigstens werde ich das Badezimmer nicht mit ihm teilen müssen.

Ich lege mich aufs Bett und schaue nachdenklich an die Zimmerdecke. Noch immer bekomme ich ein warmes Gefühl in der Brust, wenn ich an heute Mittag denke. Ich glaube, Hatschi und ich könnten richtige Freundinnen werden. Auch wenn ich mich noch nicht getraut habe, ihr meinen heimlichen Spitznamen für sie zu verraten. Ob sie vielleicht sogar mal neben mir sitzen wird?

»Ich bin gespannt, wie lange Damien noch auf Arvid hört«, sagt Urian plötzlich unter dem Bett. Ich habe keine Ahnung, was er meint. Also beuge ich mich über den Rand und schaue fragend hinunter. Seine gelben Katzenaugen leuchten mir entgegen. »Hast du nicht gesehen, dass Arvid die ganze Mittagspause über alleine unter einem Baum saß? Keine Spur weit und breit von seinen INFLUENZA-Freunden. Ich glaube, zwischen denen kriselt es.«

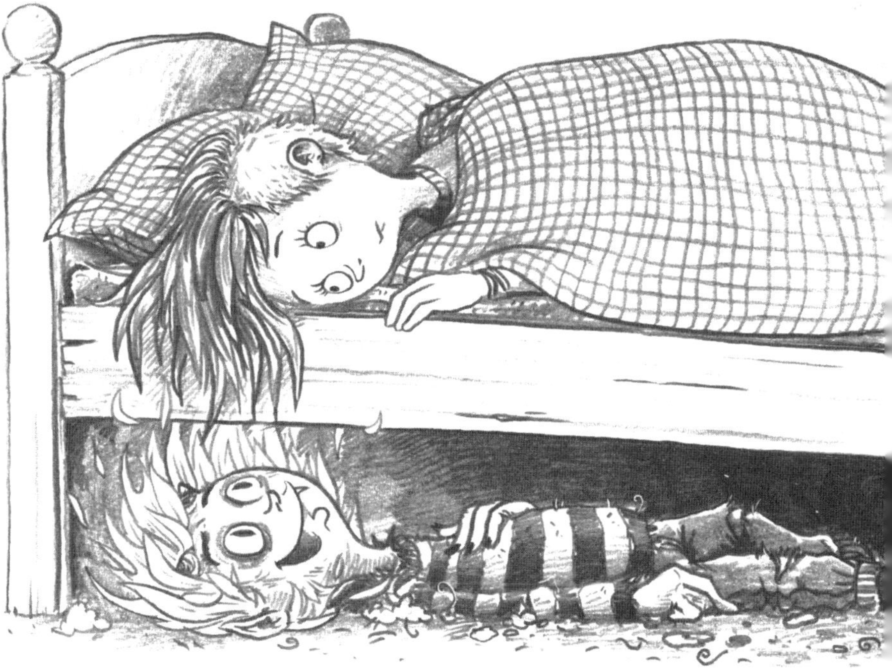

»Denkst du etwa, die nehmen ihm vielleicht die Halskette ab?«, frage ich erstaunt. »Aber wenn er kein INFLUENZA mehr ist, ist sein Versprechen ja völlig nutzlos! Die werden einfach jemand anderen wählen, der uns das Leben zur Hölle macht!«

*»Super, oder?!«* Urian reibt sich die Hände. »Ich kann es kaum erwarten, morgen wieder in die Schule zu gehen! Es wird bestimmt schrecklich!«

Stöhnend lasse ich mich zurück aufs Kopfkissen fallen und starre an die Zimmerdecke.

»Wer weiß, was du dir alles von mir wünschen wirst«, höre ich Urian unter meinem Bett kichern. »Und vor allem: *Was ich aus deinen Wünschen mache!*«

Aus Verantwortung für die Umwelt hat sich der Fischer Kinder- und Jugendbuch Verlag zu einer nachhaltigen Buchproduktion verpflichtet. Der bewusste Umgang mit unseren Ressourcen, der Schutz unseres Klimas und der Natur gehören zu unseren obersten Unternehmenszielen.

Gemeinsam mit unseren Partnern und Lieferanten setzen wir uns für eine klimaneutrale Buchproduktion ein, die den Erwerb von Klimazertifikaten zur Kompensation des $CO_2$-Ausstoßes einschließt.

Weitere Informationen finden Sie unter www.klimaneutralerverlag.de

FSC www.fsc.org MIX Papier aus verantwortungsvollen Quellen FSC® C083411

Originalausgabe

Erschienen bei FISCHER Sauerländer


Umschlaggestaltung: Norbert Blommel, MT-Vreden
unter Mitarbeit von Dahlhaus & Blommel Media Design, Vreden
nach einer Idee und unter Verwendung einer Illustration
von Fréderic Bertrand
Umschlagabbildung: Fréderic Bertrand
Satz: Dahlhaus & Blommel Media Design, Vreden
Druck und Bindung: CPI books GmbH, Leck
Printed in Germany
ISBN 978-3-7373-5682-4

Weitere Informationen zum Kinder- und Jugendbuchprogramm
der S. Fischer Verlage finden Sie unter www.fischerverlage.de